3644. A. et art.

Cet Tyon 23/42

MÉMOIRE

SUR

LA COMPAGNIE DES INDES,

PRÉCÉDÉ D'UN DISCOURS

SUR LE COMMERCE

EN GÉNÉRAL.

PAR M. LE COMTE DE LAURAGUAIS.

Se trouve A PARIS,

Chez LACOMBE, Libraire, rue Christine.

M. DCC. LXIX.

PRÉFACE.

Feu M. le Marquis de Laſſay, mon Oncle maternel, m'a laiſſé beaucoup d'Actions de la Compagnie des Indes ; j'aurois pu les dénaturer, mais en les conſervant, j'ai cru que la Compagnie des Indes, qui étoit attachée à ſa mémoire, penſeroit que je partageois les ſentimens qu'il avoit pour elle ; il parroiſſoit en me ſubſtituant ces actions avoir deſiré me tranſmettre la même affection, & ce n'étoit pas aſſez pour moi d'hériter de ſes biens ; j'ai donc conſervé un grand nombre d'actions par reconnoiſſance pour lui, & par le plaiſir que je trouve à me lier à une Société agiſſante & active. Voilà quelle a été ma conduite à l'égard de la Compagnie ; mais en me livrant au ſort qu'elle doit éprouver, j'avois un grand intérêt à le prévoir, & par conſéquent à connoître le ſyſtême & les forces de la Compagnie dont il doit dépendre ; mes recherches pour y parvenir ſont de droit commun à tous les Actionnaires, ſi je les trompe c'eſt après m'être trompé & avoir fait tout ce qui étoit en mon pouvoir pour acquérir des connoiſſances exactes. Cette conſidération eſt la ſeule qui m'inſpire le courage de publier hardiment ce que j'ai vu, ce que je ſçais, ce que je penſe : j'eſperois cependant pouvoir m'en difpenfer : l'avis différent des Députés qui donna lieu au mémoire que lut M. Panchaut dans la feconde affemblée publique de la Compagnie, pouvoit réunir les voix, & quoique je ne fuffe pas furpris cependant que ce mémoire élevât des clameurs, je me flattois que l'examen particulier qu'on en feroit dans le fein de l'adminiftration, rameneroit les efprits. J'ai affifté environ deux mois aux comités de la Compagnie, & lorfque j'eus raffemblé les états d'après lefquels l'on doit apprécier fa fituation, que j'eus été témoin des efforts qu'on faifoit pour continuer le commerce à quelque prix que ce fût, & qu'il n'étoit queftion que de chercher fi on n'avoit pas épuifé tous les moyens de le foutenir, & qu'après avoir vainement & cruellement cherché ce moyen, on vouloit au moins confumer le tems & gagner ainfi l'affemblée générale qui pouvoit être le 25 de Juin, il ne me reftoit que trois femaines pour compofer & faire imprimer l'ouvrage que je donne aujourd'hui. On n'y cherchera donc pas l'enfemble que j'euffe tenté de lui donner, fi j'en avois eu le tems, mais il réfulte peut-être un avantage de la forme qu'il a maintenant ; dans le fait toutes les queftions qui ne dépendent pas directement & feulement du bilan de la Compagnie des Indes font abfolument étrangères aux Actionnaires ; fi leurs fonds font accrus, il leur feroit difficile de connoître s'ils pouvoient l'être d'avantage ; s'ils font diminués, leur feroit-il plus aifé d'apprécier les malheurs qui ont caufé ces pertes ? Et s'ils parviennent à connoître les fautes qui les ont préparées & peut-être aggravées enfuite ; en pourroient-ils concevoir raifonnablement l'efpoir de les prevenir déformais ? Ceux des Actionnaires qui voudront fe renfermer dans la fituation de leur commerce, apprendre s'il en réfulte qu'ils peuvent le continuer ou s'ils n'en ont pas la poffibilité, doivent lire uniquement les plans de fituations, d'expéditions & les états de l'*avoir* & des *dettes* de la Compagnie ; ils verront qu'en portant le bénéfice de leur vente à 70 pour $\frac{0}{0}$, en fuppofant des retours certains, & par conféquent tous les événemens dont ces retours dépendent, leur commerce ne leur rend pas l'intérêt de leurs fonds, & qu'indépendamment de cette perte, la différence des dépenfes au produit feroit à la charge de la Compagnie, fi le Roi ne lui donnoit pas un dédommagement ; & la Compagnie ne peut pas mettre une penfion du Roi dans la maffe des bénéfices de fon commerce : ils verront qu'il leur faut pour continuer un commerce défavantageux environ trente millions qu'ils n'ont point & pour lefquels ils manquent d'hypothèques.

Les Actionnaires qui porteront fur leurs affaires des regards plus curieux, qui voudront avoir une idée de l'illufion, que des intérêts particuliers peuvent jeter fur l'intérêt général, doivent ajouter aux connoiffances fondamentales, qui dépendent des états & des relevés dont nous avons parlé, la lecture du mémoire que lut M. Panchaut à l'affemblée des Actionnaires & auquel il eut la plus grande part.

Ceux qui fentiront que le commerce de la Compagnie des Indes est une partie d'un grand tout, qui devineront que fon privilége exclufif doit influer beaucoup fur le commerce général & changer l'effet de la liberté du commerce en France, doivent lire le difcours fur le commerce. Nous l'avons féparé comme de raifon de l'état particulier de la Compagnie des Indes, parce que fi nous avions appliqué aux cas relatifs aux Actionnaires les principes auxquels ils peuvent avoir un rapport plus ou moins éloigné & plus ou moins direct, nous aurions fuppofé au lecteur une égale capacité d'attention, & un intérêt égal ne fuffit pas pour la leur donner au même dégré; & pour parvenir à nous faire entendre du plus grand nombre, il auroit fallu entrer dans des détails bien plus fatigans pour ceux qui peuvent s'en paffer, qu'il n'eft utile d'inftruire ceux qui les exigent. Il n'en eft pas des connoiffances comme du tems : rien ne fupplée aux connoiffances, il faut les acquérir : quand on a les aîles du génie on vole dans la carrière où le vulgaire fe traîne, mais encore faut-il attacher fes yeux où les hommes ordinaires attachent leurs pas.

D'ailleurs si nous avions appliqué nos principes aux cas particuliers, ces principes étant séparés n'auroient pas donné le résultat qu'on obtient seulement de leur ensemble.

Ce défaut de méthode dans notre ouvrage nous fera facilement pardonné par les Actionnaires qui sentent qu'avant de raisonner sur le commerce, il faut calculer s'ils ont encore les moyens de le soutenir. Les idées que j'ai rassemblées dans l'ouvrage qui précéde le mémoire sur la Compagnie des Indes sont à peu-près le résultat des miennes sur le commerce ; ceux qui croiront avoir des principes sur cette matière peuvent dédaigner d'examiner les miens, j'ai voulu seulement indiquer l'ensemble ou le système que je desire trouver dans ceux de mes lecteurs qui ne se contenteront pas du bilan de la Compagnie, & qui, après avoir décidé la question applicable aux Actionnaires seulement, peuvent remonter aux principes généraux, pour juger si c'est un malheur d'état de rendre le commerce libre, ou de ne pas faire le commerce de l'Inde.

Quoi qu'il en soit, j'espére qu'on trouvera dans ma façon de penser des motifs assez forts pour se déterminer à penser comme moi, on trouvera du moins dans mon ouvrage des idées à suivre ou à rejeter ; car elles me sont particulieres, soit que j'en aye conçu de neuves, soit que j'aye envisagé d'une manière nouvelle celles fur lefquelles on écrivoit depuis long-tems. J'ai cherché la vérité, je ne ferois pas furpris de l'avoir trouvée plus fouvent que céux qui traînent toujours les chaînes de l'intérêt dans la carrière qu'ils parcourent ; ma courfe n'eft rallentie par aucun obftacle moral, ni preffée par aucune efpérance politique ; ceux qui ne font pas comme moi, & qui font moins heureux, ont répandu que j'étois dévoué à foutenir le parti qu'ils prétendent que le Gouvernement a pris contre la Compagnie des Indes ; il faut convenir au moins que ce parti n'eft pas aveugle de ma part ; fi l'on donnoit le nom d'intrigue à ma conduite, qu'il fallût pour cabaler faire un ouvrage femblable au mien, ou feulement l'entendre, la paix des Cours ne feroit plus troublée.

AVERTISSEMENT.

AVERTISSEMENT.

Quoique j'aye beaucoup d'actions de la Compagnie des Indes & que les recherches que j'ai faites à la Compagnie, ne tinssent pas à la simple curiosité toujours suspecte aux yeux intéressés & même indifférens, je ne donnois cependant au Public l'ouvrage que j'avois entrepris, qu'avec la défiance qui sert à faire pardonner non-seulement les erreurs, mais encore les vues du bien général qui s'opposent trop souvent à quelqu'intérêt caché. Lorsque l'impression en fut suspendue, j'espérois qu'un homme éclairé jetteroit un grand jour sur un objet duquel j'avois essayé d'écarter des nuages. Quand l'ouvrage de M. l'Abbé Morellet parut, je me flattois de pouvoir unir à l'estime générale de ses talens utiles, la reconnoissance secrete de m'avoir évité de donner des preuves stériles de mon zélé pour les Actionnaires & sur-tout pour ma patrie; en voyant son mémoire je comparois le mien à un ruisseau absorbé par un grand fleuve. Mais je sens avec effroi que si l'on devoit juger mon ouvrage avec rigueur avant de connoître le sien, on doit peser présentement les motifs de la confiance qui me fait donner le mien aujourd'hui ; je m'expose à deux jugemens, à celui de mon ouvrage isolé, & à celui que j'ai porté du mémoire de M. l'Abbé Morellet.

On a vu dans la préface du mien les causes qui l'avoient précipité, il pouvoit être publié il y a deux mois, on le suspendit alors ; mais comme il devoit paroître cependant d'un instant à l'autre, j'ai maintenant le regret d'avoir été

b

AVERTISSEMENT.

près de trois mois à faire imprimer un mémoire que je n'ai pas été quinze jours à faire, j'aurois assurément desiré que ce fut le contraire. Voici l'apperçu que j'ai fait du mémoire de M. Morellet, & c'est ce résultat sommaire de son ouvrage qui m'a déterminé à demander que le mien parut.

La Compagnie des Indes peut-elle continuer son commerce?

Le commerce des Indes peut-il se faire sans compagnie exclusive?

Voilà les deux questions auxquelles il faut rapporter tout ce qui intéresse les Actionnaires & tout ce qui occupe les Négocians.

Le bilan de la Compagnie qu'on a fourni à M. l'Abbé Morellet & que j'ai discuté moi-même à la Compagnie, prouve qu'il faut au moins trente millions aux Actionnaires pour continuer leur commerce; qu'il n'ont pas d'hypothèques à donner pour faire cet emprunt, & par conséquent qu'ils ne peuvent pas continuer le commerce. Mais ce commerce dépend-il uniquement de l'état actuel, cet état devoit-il être nécessaire? Voilà deux questions que M. l'Abbé Morellet n'approfondit pas. Cet état eut-il été le même si le Roi ne devoit pas beaucoup à la Compagnie, & si les vices de son administration n'avoient pas été tels qu'indépendamment des dépenses inutiles dont elle accable les Actionnaires, elle n'eut pas fait autrefois des gains illégitimes, & qu'enfin elle n'eut pas ajouté à ces causes funestes de la situation dans laquelle nous sommes maintenant, la résistance invincible de freter les Vaisseaux de la Compagnie des Indes; ce qui produisoit par an un bénéfice considérable, bénéfice calculé dans un Mémoire de M. Moracin?

M. l'Abbé Morellet fait monter les befoins de la Compagnie à foixante millions je devois m'en rapporter à l'examen & à la difcution de l'adminiftration & des Députés des Actionnaires pour fixer *ces befoins*; ils font peut-être affoiblis dans les états que j'ai recueillis , & les bénéfices augmentés; mais fi j'ai crû devoir infifter fur cette évaluation dans le tems qu'on la conteftoit avec fureur , lorfque les Députés des Actionnaires qui s'étoient le plus récrié contre elle furent obligés cependant d'après leurs recherches de la porter au-delà de l'eftimation annoncée dans le mémoire de M. Pan-chaud , nous avons cru fuffifant de conftater que les Action-naires n'avoient point affez de fonds pour faire le com-merce & qu'ils n'avoient point d'hypothèque à fournir pour fonds.

J'avoue de bonne foi que je penfe que les affaires de la Compagnie des Indes pouvoient être affez florifantes pour empêcher qu'on mit aujourd'hui en queftion, fi l'intérêt de l'état ne doit pas exiger fa deftruction ; cette queftion qui pouvoit être agitée dans le tems de fa fplendeur, paroît n'en être plus une à fon déclin. Mais j'ofe le dire, il n'y a qui que ce foit qui puifle conclure raifonnablement du mémoire de M. l'Abbé Morellet; 1°. que la Compagnie ne peut exifter fous une autre forme ; 2°. qu'il eft du bien de l'Etat qu'elle n'exifte pas; 3°. que fi elle eft anéantie , la liberté du commerce pourra s'établir & le rendre plus florifant qu'il n'étoit auparavant.

Quand à moi je penfe que la fituation actuelle de la Compagnie dépend de caufes étrangères à l'état où elle devroit être aujourd'hui.

Mais le Public peut-il trouver dans l'ouvrage de M. l'Abbé Morellet les motifs fuffifans pour diffoudre la Compagnie & rendre le commerce libre ? C'eſt ce qu'il faut examiner.

Comme ſon ouvrage eſt immenſe il a bien voulu diſpenſer le lecteur de la contention où il met l'eſprit, il a daigné en faire un réſumé, & voici comme il annonce les propoſitions de ſon mémoire.

» *J'entreprends, j'établis, j'avance, je décide, je combats,*
» *je diſſipe, je renverſe* ».

Ne croiroit-on pas que c'eſt le bulletin des conquêtes de M. l'Abbé Morellet dans les Indes : mais voyons donc ce qu'il *établit*, ce qu'il *combat*, ce qu'il *renverſe*, &c. &c.

Page 35, M. l'Abbé prouve par des faits que je crois véritables, que depuis 1730 juſqu'en 1740, les Syndics & Directeurs de la Compagnie des Indes partagèrent entre eux 1,005,661 liv. à raiſon de trois pour $\frac{o}{o}$ ſur les bénéfices nets de la Compagnie & d'un $\frac{1}{4}$ pour chaque Directeur, tandis qu'elle avoit été preſque toujours en perte. Mais quand on auroit le malheur de n'être pas obligé de s'éloigner de nos tems pour trouver encore des hiſtoires de fripons & de dupes, cela ne feroit rien aux vérités générales ſur le commerce ; & loin de conclure du fait rapporté par M. l'Abbé Morellet, contre l'exiſtence de la Compagnie, il s'enſuit que les Actionnaires pouvoient être riches puiſque leurs adminiſtrateurs s'enrichiſſoient à leurs dépens.

Pages 156 & 157, *ce n'eſt pas une Compagnie à privilége excluſif qui a doublé le Cap de Bonne Eſpérance, Magellan n'étoit pas gagé par une Compagnie. Le commerce particulier avoit donc ſurmonté ces difficultés, qu'on prétend devoir lui être inſurmontables, & il pourra donc les vaincre aujourd'hui.*

1°. Si ces difficultés ſont vaincues elles ne ſont plus à vaincre.

2°. M. l'Abbé confond tous les genres de difficultés ; tandis qu'il faut les féparer ; je méconnois le rapport entre une découverte que le courage fait entreprendre & que le hafard aura offerte ou enlevée , & le commerce qu'on peut faire dans un établiffement déjà formé, foit par l'exercice d'un privilége exclufif, foit par la liberté accordée aux Négocians.

Page 159, *un Vaiffeau de la Compagnie de* 900 *tonneaux n'emporte pas communément plus de* 500 *tonneaux en marchandifes pour le compte de la Compagnie à fon départ d'Europe ; je ne dirai rien de tout ce qui peut fe paffer dans l'Inde & en Chine de contraire à fes intéréts ; au retour la pacotille des Officiers & employés , fait une grande partie du chargement, tous les frais du commerce font paffés par elle , tandis qu'elle voit lui échapper une grande partie des profits , &c. &c. &c.*

Cela prouve que la Compagnie ne gagne qu'environ la moitié de ce qu'elle devroit gagner , les gains illégitimes qu'on fait fur elle ne démontrent pas que ces gains fuffent les mêmes fi ceux qui les font ne profitoient pas de ces établiffemens. Comment M. l'Abbé Morellet peut-il conclure , en prouvant que le commerce de la Compagnie pourroit être excellent, que les Actionnaires ne doivent pas defirer le continuer, & comment ofe-t-il leur propofer le contraire ? quant à moi je penfe que l'énormité des abus de leur adminiftration eft la feule caufe qui leur ôte la poffibilité d'y remédier. Cependant quoique je cruffe ces abus prodigieux, le fait rapporté par M. l'Abbé Morellet me parut fi grave que j'eus peine à croire qu'il ne fouffrit quelque reftriction ; je pris le parti de demander des éclairciffemens à l'adminiftration, elle me répondit *que M. l'Abbé Morellet auroit dû sçavoir que sur 900 tonneaux il y en a environ 400 employés pour les rechanges, les encombremens & l'équipage, à raison d'un tonneau & demi par personne d'Equipage & de deux tonneaux pour les Officiers & ceux qui mangent à la table du Capitaine.*

Page 188, M. l'Abbé Morellet est forcé de convenir que la concurrence des nations de l'Europe dans le commerce de l'Inde, a diminué infiniment les bénéfices de ce commerce. Comment peut-il conclure que le commerce entre les particuliers n'augmentera pas l'effet de la concurrence entre les nations, & ne le portera peut-être pas au point de rendre ce commerce impossible ?

Je supprime une infinité de détails, tels que les erreurs dans lesquelles M. l'Abbé Morellet tombe sur les moussons ou vents des Indes, & sur le degré de splendeur où la liberté a porté, à ce qu'il prétend, notre commerce dans le Nord (pag. 151) ; beaucoup de négocians m'avoient dit le contraire ; & M. de Rulliere connu par une piece de vers charmante, intitulée les *Disputes*, & sur laquelle je ne crois pas qu'on puisse disputer, vient de m'apprendre qu'en trois ans de séjour à Stokolm & à S. Petersbourg il n'a vu qu'un seul vaisseau français. Il suffit enfin, pour juger l'auteur & l'ouvrage, de rapporter deux paragraphes, dans lesquels Monsieur l'Abbé renferme les raisons les plus fortes qu'il oppose au privilege de la Compagnie, & sur lesquelles il éleve le grand monument de la liberté du commerce.

Page 207. *L'industrie humaine libre, a tant d'activité, tant de souplesse, d'intelligence, de sagacité, de constance qu'on n'a jamais le droit de prononcer qu'elle ne trouvera pas*

les moyens de renverser ou de surmonter toute espèce d'obsta-
cles. J'avoue que cette réflexion est une de celles qui me fait
augurer le plus favorablement de la liberté , & que j'en tire
une certitude presque géométrique de la possibilité de l'éta-
blissement du commerce particulier dans l'Inde.

Si l'industrie de M. l'Abbé est assez forte pour lui faire
changer un augure en certitude géométrique , il a la bonté
de voir avec compassion que le reste des mortels n'a pas
autant d'industrie ; & voilà une seconde raison générale sur
laquelle il fonde son système , & qu'il a soin de mettre à la
portée des enfans qui vont à la foire.

Page 179. *Les objections contre la possibilité de la liberté*
du commerce peuvent être comparées à l'assurance avec la-
quelle les spectateurs d'un joueur de gobelets prononcent qu'il
ne devinera pas la carte ou ne fera pas le repic dans la couleur
demandée , on les trompe cependant ; c'est ainsi que le com-
merce libre s'établira dans l'Inde.

Le sieur Comus auroit-il cru prouver en escamotant, que
le commerce dût être libre & la Compagnie des Indes
anéantie?

Enfin , M. l'Abbé Morellet ne me paroît pas plus heureux , soit qu'il veuille prouver par des faits , soit qu'il
veuille convaincre par des raisonnemens : tous ceux qu'il
employe , par exemple , pour persuader que la Compagnie
des Indes doit avoir moins d'espoir que jamais , sont précisément ceux sur lesquels elle fonde son espoir.

Page 89. *L'Inde est plus agitée que jamais. La puissance*
du Mogol n'est plus respectée. Les Soubeydars , Vice-Rois
des diverses Provinces de l'Inde , ne reconnoissent plus son
autorité. Les Marates toujours en guerre désolent toutes les
Provinces de l'Empire , & se portent sur les établissemens

Européens. La guerre est dans le Carnate & dans le Dékan. La tranquillité du Bengale ne peut subsister long-tems. Le Vice-Roi des trois grandes Provinces, Lakanaor, d'Aoud & de Leabad, voisines du Bengale, qui a été long-tems en querelle avec les Anglais, & qui est aujourd'hui Visir du Mogol, veut à chaque moment troubler la paix dans cette contrée, &c.

Voilà ce que peuvent dire les Actionnaires de plus favorable à la continuation de leur existence.

Mais je suis convaincu que la puissance des Anglais dans les Indes est bien moins fragile que ne le prétend M. l'Abbé Morellet, & je souhaite que notre marine nous mette bientôt en état de la leur disputer. Je crois enfin que nous avons deux moyens de l'affoiblir, le premier en suivant l'exemple important des colonies anglaises à l'égard de leur métropole, la défense de toutes les marchandises des Indes que les Anglais apporteroient en France, à moins qu'ils ne prissent en retour nos productions, sources véritables de la force & des richesses, & que je considere avec tous les Economistes & sur-tout avec M. Quesnay, leur Prophete & mon maître, comme le vrai fondement de la prospérité des Etats & du commerce proprement dit ; ce qu'on nomme communément commerce, n'est que négoce ou trafic. Le second moyen d'affoiblir la puissance des Anglois, est de faire une contrebande énorme par le moyen de la liberté du commerce.

Je ne ferai plus qu'une observation sur un projet que M. l'Abbé fait entrevoir sans le découvrir, & qui semble être le fruit de toutes les craintes qu'il inspire aux Actionnaires (pag. 161 & 162) au sujet des contestations qu'ils peuvent éprouver de la part du gouvernement ; il est certain que si le gouvernement admet le calcul que fait M. l'Abbé des

tréfors

tréfors que la Compagnie lui a coûtés, il peut fans doute employer les mêmes moyens pour réduire le contrat des Actionnaires.

Comme je me pique d'être de bonne foi, que je dois la vérité aux Actionnaires, bien plus que M. l'Abbé Morellet ne la doit à *l'ami qui l'a engagé à raſſembler ſes idées ſur cette matiere & à les lui communiquer pour guider, lui a-t-il dit, ſes opinions & diſſiper ſes doutes &c.* puiſque M. l'Abbé prend la liberté de parler ſi librement, non-feulement d'affaires qui lui font totalement étrangeres, mais encore du préambule de l'édit de 1664, (pag. 24) & tout cela pour éclairer *ſon bon ami*, il m'eſt permis de parler de mes affaires & de faire quelques réflexions que je ne me permettrois pas, ſi les prophéties politiques de M. l'Abbé Morellet ne m'y engageoient.

M. l'Abbé Morellet établit page 161 & fuivantes les raiſons qui doivent, ſelon lui, déterminer les Actionnaires à *ouvrir la route du commerce à la liberté* (page 164) *au lieu de détruire tout de ſuite toute la partie du ſyſtème de la Compagnie qui, ſans être liée avec le privilege excluſif, pourra ouvrir la route du commerce à la liberté.*

Cela poſé, les comptoirs de la Compagnie elle-même pourroient être le berceau du commerce libre, il y pourroit croître à l'ombre de la protection du Roi & de l'Etat, & payer bientôt les ſoins qu'on auroit pris de ſon enfance.

Voilà ce qui mérite la plus ſérieuſe attention; abandonnons pour un inſtant le fort qu'on propoſe & qu'on prépare aux Actionnaires pour établir la liberté du commerce; c'eſt pour elle que M. l'Abbé Morellet oſe nous annoncer que le Roi nous fera des ſacrifices ou des dons, auxquels il ne conſentiroit vraiſemblablement pas ſi les comptoirs des Actionnaires ne devenoient pas le berceau de la liberté :

tâchons de faifir & d'apprécier enfin fon exiftence d'après ce qu'on fait pour l'établir .

L'amour de la vérité , & la refpectueufe modeftie que je dois mettre en parlant d'une chofe auffi grave , me feront éviter l'embarras où j'ai été lorfque j'ai confidéré que j'a-vois le choix de répondre à M. l'Abbé Morellet caufant avec *fon ami* & faifant imprimer ce qu'il penfe, ou à M. l'Abbé Morellet devenu un politique infpiré, nous anon-çant une volonté fouveraine, ou bien enfin à M. l'Abbé Morellet fe transformant , & fe croyant la nourrice *de la liberté qui doit naître dans le berceau des comptoirs de la Compagnie des Indes , & de laquelle il écartera les monftres qui doivent , dit-on , la dévorer à fa naiffance.*

Quelle métaphore eut-il appliquée aux deux articles d'un projet de Lettres-patentes, de Déclaration ou d'Edit, que j'ai vu , ainfi que d'autres Actionnaires , & fur lequel j'ai copié mot pour mot les deux articles 2 & 3 ci-après, qui concernent le fort de l'adminiftration , & qui intéreffent la liberté du commerce, & ftatuent enfin *fur quoi , par quoi & comment* cette liberté fera établie.

» Toutes les places & comptoirs de l'Inde continueront
» d'être régis comme devant par les Confeils, fous Marchands
» & Employés de la Compagnie que nous avons confirmés
» en tant que de befoin dans toutes les fonctions, aux mêmes
» droits , prérogatives & autorité dont-ils ont joui jufqu'à
» préfent ; lefquels Confeils fous Marchands & Employés
» recevront nos ordres par la voie des Directeurs de la
» Compagnie dont toutes les lettres & délibérations la con-
» cernant feront revêtues de notre autorité, à cet effet vifées
» par les Miniftres fuivant leur département.

» Tous nos fujets pourront librement négocier dans les dif-
» férentes parties de l'Inde, à la Chine & dans les mers au-delà du
» Cap de Bonne Efpérance , & envoyer fur leurs propres vaif-

» feaux tous effets, argent & marchandifes, & faire revenir en
» France leurs vaiffeaux chargés de denrées & marchandifes
» de l'Inde & de la Chine & de tous les pays au-delà du Cap
„ de Bonne Efpérance, à la charge par eux de prendre des
» Adminiftrateurs de la Compagnie des Indes des permiffions
» qui feront vifées, comme il a été dit ci-deffus, lefquelles
» permiffions contiendront les noms des Armateurs, des
» Capitaines & des vaiffeaux, le port en tonneaux & les lieux
» d'où ils devront être expédiés. Les Capitaines defdits vaif-
» feaux feront tenus de repréfenter lefdites permiffions aux
» Commandans des Ifles de France & de Bourbon & aux Con-
» feillers & Employés des différens comptoirs dans lefquels
» il relâcheront ; feront au furplus lefdits Armateurs & Capi-
» taines tenus de fe conformer aux réglemens particuliers que
» nous jugerons convenables pour l'exercice de ce commerce

Il réfulte du deuxiéme article, que l'adminiftration de
la Compagnie exiftera toute entière, fes fonctions, fes
droits, fes prérogatives, fon autorité lui font confervés.
La feule différence qu'il y aura dans l'exiftence de l'adminiftration eft de ne plus s'exercer fur les Actionnaires for-
mant une Compagnie commerçante ; le troifiéme article
nous apprend ceux qui doivent être foumis à leur Empire.
Si l'on pouvoit fuppofer contre toute vraifemblance
que M. l'Abbé eût formé ce projet, un Actionnaire ne
pouroit-il pas prendre humblement la liberté de dire à l'Au -
teur : vous m'avez appris que mon exiftence étoit à charge à
l'état ; l'efpérance de lui être utile m'avoit fait fupporter des
pertes que je calculois, & l'inquiétude d'un avenir qui me paroiffoit funefte ; vous m'avez prouvé que je pouvois
écouter mon intérêt dont un faux patriotifme étouffoit la
voix jufqu'alors, vous m'avez rendu fervice ; mais j'ai
cru vous devoir un grand bonheur ; vous difiez que la liberté
alloit naître de notre deftruction, j'allois y confentir, l'idée
de ruine ne m'effrayoit pas même avant que vous nous prou-

vafliez longuement que nous trouverons des tréfors fous les nôtres ? Mais qu'appellez-vous le berceau de la liberté ? je ne vois de tous côtés que des tombeaux. Vous parlez de liberté, nous confentions peut-être à lui être immolés, mais vous forgez des chaînes, vous élevez des barrières, vous mettez des entraves, vous préparez un joug qui fera plus pefant pour les Commerçans qu'il ne l'étoit pour nous.

Notre adminiftration ne confentira pas à n'être qu'un fantôme; ou fi elle exifte, à nous laiffer fuccomber : d'ailleurs ce fantôme pour les Actionnaires fera un tyran pour la liberté : vous dites qu'il fut le nôtre, on lui conferve fa force meurtrière, comment voulez-vous que les Commerçans n'en frémiffent pas ? Vous nous criez à nous autres Actionnaires de nous y dérober, comment voulez-vous que les Commerçans s'y livrent comme des proies dévouées à l'avarice & à la tyrannie ? Notre adminiftration s'élèvera contre vous, elle le fera par devoir & par intérêt: elle fent qu'avant de fuccomber fous fa foibleffe elle fuccomberoit fous les reproches du Public indigné.

Je me réfume enfin en difant que fi l'adminiftration de la Compagnie des Indes ne fe difculpe pas des faits dont M. l'Abbé Morellet l'inculpe, il prouve alors contre fon deffein que les Actionnaires doivent faire les derniers efforts pour continuer un commerce qui ne les a ruinés qu'en enrichiffant leurs Adminiftrateurs & leurs employés.

Si l'adminiftration actuelle peut fe juftifier, comme elle m'a parû fe juftifier pleinement fur la différence des 900 tonneaux aux 500, l'adminiftration prouvera que le commerce eft mauvais en lui-même & qu'elle flattoit vainement les actionnaires, fur fon exiftence, & c'eft l'aveu qu'elle a fait en fignant les états & les tableaux de dépenfe & de recette que nous avons inférés dans notre ouvrage.

Discours

DISCOURS

SUR LE COMMERCE.

S'il eſt vrai que les grains, les fruits, les bois,
les métaux, les oiſeaux, les quadrupèdes & les poiſ-
ſons de toute eſpèce abondent dans le continent de
la Louiſianne ; s'il eſt inconteſtable qu'un homme
peut acquérir dans ces vaſtes déſerts la jouiſſance de
ces biens ; ſi les Economiſtes conviennent que ces
productions naturelles ſont les élémens ce toute *ri-*
cheſſe ; s'ils ſoutiennent même qu'elles ſeules conſ-
tituent les *richeſſes*, il eſt difficile de comprendre
pourquoi ils refuſent cette dénomination de richeſſes
à la jouiſſance des productions qu'ils appellent *biens*,
tant que l'homme qui leſpoſſède en jouit d'une manière iſolée : *ſuppoſez*, diſent-ils, *ſeulement deux*
hommes qui s'approprient chacun de leur côté, par la
conſervation ou par la culture, chacun une ou plu-
ſieurs eſpèces différentes de ces productions, dès-lors

A

ils ont de quoi faire un commerce : la portion de leurs biens respectifs est une richesse qui procure à chacun d'eux un autre bien , une autre jouissance.

Cette doctrine des Economistes apprend-elle autre chose sinon qu'ils donnent aux diverses fonctions dont les biens sont susceptibles , des noms différens : si vous consommez ce que vous pouviez vendre, vous avez absorbé une richesse ; si vous jouissez de la même chose sans pouvoir l'échanger , vous consommez seulement votre bien. En admettant cette vaine distinction , il me paroît impossible de concevoir qu'un homme isolé , sans avoir été transplanté de l'état de société dans les continens, où sa force & son industrie lui feroient trouver l'art de jouir des matières premieres, que les Economistes appellent *biens* , ait acquis ces connoissances, que le commerce pris dans le sens rigoureux n'y soit établi.

La qualité de richesse , ajoutent les Economistes, *suppose donc plus que celle de biens; pour l'une il ne faut qu'une seule production, qu'une seule jouissance: la qualité de richesse exige deux productions , un échange & deux jouissances possibles.* Mais je réponds à cela , qu'ils ont admis dans la Louisianne la production de plusieurs espèces de biens; il n'y en a point qui ne donne des jouissances réelles, & qui ne puisse offrir par conséquent des *jouissances possibles.* A quoi sert de donner le nom de richesse à une quantité de consommation & de le refuser à celle dont on jouit. Je suis d'autant plus fondé à relever cette distinction futile, bisarre & fausse, que les Economistes ont cru important d'examiner ce qu'avançoit un de leurs adversaires *sur le nécessaire* & sur le *superflu*; ce qu'ils *enseignent ici* me paroît d'autant plus extraordinaire, je le répète, que je les crois fondés à établir que le superflu, c'est-à dire, l'excès d'une denrée dont une portion seulement vous est nécessaire, parce que le reste vous a procuré vos autres besoins, n'est pas un superflu.

J'appelle richesse, le résultat de tous les moyens que l'homme peut employer pour se procurer ce qu'il desire.

Ce qu'il veut, est la conservation de son être; ce qu'il desire, est son bien-être.

Ces deux motifs plus ou moins excités par les passions, la force de ces passions plus ou moins asservie par les circonstances, les loix, les préjugés, font la source de toute espèce de travail que je considere ici comme le principe de toutes jouissances.

Le premier objet de travail se portera donc sur la production, & par conséquent sur les moyens qui lui sont *propres*.

Le second principe, la seconde cause du travail n'aura d'objet que de changer, de varier les formes des matieres premieres, que nous devons confidérer dans le mouvement du commerce, après avoir cherché à nous affurer fi l'on peut concevoir le commerce de production fans celui d'induftrie, & celui-ci fans le premier.

Toutes les queftions qui fe font élevées fur cette matiere intéreffante, dépendoient, il y a 100 ans, de l'ignorance la plus profonde; depuis ce tems l'intérêt de ceux qui profitoient de leurs avantages naturels, ou de la différence de connoiffances néceffaires pour employer le plus fruétueufement ces avantages, a jeté une fauffe lumiere fur elles; & de nos jours la plûpart des difcuffions, qui devroient les avoir foumifes au calcul, à l'expérience des tems & des lieux, n'en ont pas dégagé les erreurs qui fufpendent le voile qu'on a déchiré cependant de tous côtés.

Il étoit naturel que le progrès de la fcience du commerce dépendît du progrès de l'activité, de l'étendue du commerce, & par conféquent que toutes les queftions qui peuvent s'élever aujourd'hui fur fa nature & fur fon utilité, devinffent très-fines & très-compliquées; mais cependant en remontant à des idées *fimples*, & en les développant feulement pour ainfi dire, il me femble qu'on parvient à un réfultat qui échappe à ceux qui ont pris une autre méthode.

Si l'on excepte quelques denrées que la terre en-

faite fpontanément & dans un petit nombre de climats, toutes les autres font le fruit du travail de
l'homme. La fomme de fes jouiffances eft-elle égale
à la fomme de fes labeurs? Eft-il faux que la fomme de fes travaux foit égale à celle de fes jouiffances?

Voilà de quoi il s'agit: mais établir, pofer de
cette façon cette queftion premiere, eft, à ce que je
penfe, auffi la manière de pouvoir l'approfondir.

Les Economiftes coupent le nœud de la difficulté
qu'ils font naître, en mettant dans la claffe ftérile
tous les travaux qui ne font pas immédiatement con-
facrés à la culture des matières premieres; fi le lecteur
ne connoît leur doctrine que par ce Mémoire, &
qu'il s'empreffe de demander dans quelle claffe ils
placent les ouvriers qui font les inftrumens ara-
toires, ils répondront que c'eft dans la claffe ftérile:
fi le lecteur fe récrie fur l'évidence de deux genres
de productions & fur leur valeur, les Economiftes
répondront qu'ils ne voyent de valeur dans les productions de l'induftrie, que le total des valeurs des
matières premieres & des fubfiftances fans lefquelles
ce produit de l'induftrie n'exifteroit pas.

Cela eft inconteftable dans un fens; mais il faut
voir fi les matières premieres exifteroient fans induf-
ftrie, & fi ce n'eft pas encore l'induftrie qui leur
donne la valeur dont elles font fufceptibles, voilà

l'enfemble qu'ils n'examinent pas ; enfemble qu'on pourroit croire cependant qu'ils ont apperçu , par les efforts qu'ils ont faits pour le divifer, de peur apparemment de s'entendre ; il y en a qui, à force de fubtilités , font en effet parvenus à rendre cette matiere difficile ; il y en a d'autres aux quels il en a moins coûté pour être inintelligibles eux-mêmes.

Après avoir avancé que l'homme n'acquiert de jouiffance que par fon travail , nous croyons parve- nir à prouver que toutes fes jouiffances forment la fomme de fes richeffes.

Les Economiftes difent *que les richeffes confiftent dans toutes les productions de la nature , brutes ou modifiées , qui ont entre elles une valeur d'échange réciproque.*

Nous avons déjà remarqué qu'il n'y a point de production qui n'ait en elle-même cette propriété , & nous allons prouver que ce n'eft point la faculté d'être échangée qui lui donne *une valeur.*

Dans le fens quelconque que les Economiftes veuillent prendre ce terme *valeur* , il faut qu'ils ad- mettent que celui qui pofsède un bien y attache un prix , une affection qui infpire le defir d'en jouir à celui qui peut l'acquérir , & le perfuade qu'il ne donne pas en échange un bien qu'il eftime, pour une chofe que fon premier poffeffeur n'eftime pas. Si l'on ne fuppofe point que les hommes apprécient, évaluent leurs biens, je ne fais pas comment l'on peut concevoir qu'ils font parvenus à l'idée générale *de valeur* ; & pour foutenir une idée errante & fantaftique, je ne fais pas non plus comment on peut fe refufer à celle qui nous paroît fi vraie. Comment concevoir des jouiffances fans admettre un degré d'affection pour elles ? Et fur-tout comment en méconnoître le principe dans la force qui nous attire fi puiffamment vers les objets des befoins que nous devons fatisfaire, fous peine d'éprouver les maux qui commencent notre deftruction dès qu'ils nous font fouffrir ?

L'abondance ou la rareté de ces biens, c'eft-à-dire, la facilité ou la difficulté que nous éprouvons à nous les procurer, influera donc fur leur valeur relative ; mais le principe de tout échange étant l'opinion, l'eftimation d'égalité, la valeur d'une chofe rare ou commune fera toujours la même, quoique dans ce cas la quantité puiffe varier infiniment. Ainfi ce font des quantités différentes qui auront la même valeur.

Tant que l'ordre naturel ne fera point interverti, c'eft-à dire, tant qu'on n'enchaînera pas la liberté néceffaire à la plus grande production, l'abondance & la rareté auront des effets univerfels entre tous les acheteurs & tous les vendeurs ; il n'y a que nos erreurs en adminiftration qui faffent naître la mi-

fere , & la rendent prefque le partage de la claffe
qui produit les richeffes.

Si tout ce que nous avons dit eft inconteftable , il
fera donc vrai que lorfque le tems aura introduit
l'argent dans les échanges , il fera foumis à toutes les
conditions des fubftances contre lefquelles il fera
néceffairement changé ; & toutes les circonftances
qui augmenteront fon abondance ou fa rareté, n'in-
flueront en rien fur fa valeur , mais feulement fur la
fonction d'une certaine quantité de fa maffe.

Tout fe réduira en dernier terme à deux extrêmes ,
l'abondance & la mifere ; mais cet état fi doux &
cette fituation cruelle dépendront feulement de la
quantité & de la variété des productions quelconques ; & les caufes de ces effets dépendront de la
liberté générale , ou des loix particulieres qui acca-
bleront de chaînes la liberté.

Il réfulte enfin de ce que nous avons dit qu'en
derniere analyfe le commerce fe terminera toujours
à l'échange de la production naturelle & néceffaire ,
que cet échange peut être fufpendu cependant par
une fubftance neutre & ftérile telle qu'elle foit ;
car dès qu'elle eft admife dans le commerce, ce n'eft
pas feulement un figne , un gage d'une certaine
valeur ; mais c'eft une valeur réelle , une richeffe
proprement dite. Si l'on examine l'effet de cette fufpenfion , l'on verra qu'elle fe multipliera à raifon
                                                    de

de la quantité, de la variété des jouïffances ; & fi c'eft l'argent qui opère cette fufpenfion entre les autres valeurs, qu'il fe concentrera par conféquent dans les villes, & qu'il n'entrera pour rien dans la plûpart des grandes opérations de commerce, comme l'a très-bien remarqué M. Quefnay.

Mais de ce que l'idée de la valeur d'une chofe nous donne précifément la valeur d'un autre terme d'échange, & que ces valeurs fe prouvent, pour ainfi dire, l'une par l'autre ; il en réfulte qu'on n'acquiert cette idée que par un cercle vicieux, & qu'elle dépend uniquement, pour deux hommes ifolés, du rapport très-vague & très-compliqué de leur opinion réciproque.

Mais en fociété chacun d'eux croira avoir contracté fans perdre ni gagner, s'ils fe font mis vis-à-vis l'un de l'autre dans le rapport univerfel de tous les échanges qu'ils auroient pu faire. Il eft évident qu'ils n'y peuvent parvenir que par l'entiere liberté du commerce, & fa plus grande étendue. Moyens uniques de donner aux fubftances leur prix réel & une valeur conftante, fans quoi les hommes dépendront toujours des circonftances particulieres qui les mettront dans des conditions inégales, & dont l'injuftice toujours réelle diminuera le travail, par la crainte & l'incertitude qu'elles infpirerent.

Mais au lieu d'entraîner le lecteur à l'examen de ces

B

caufes deftructives qui d'ailleurs font toutes politiques, nous devons le ramener à confidérer quelle
eft la nature du commerce, & fur quoi il eft
fondé.

Les Economiftes prétendent que *les productions
naturelles font la premiere & la feule fource de tout
commerce.* D'autres écrivains admettent deux fources
de richeffes, l'une produite par l'agriculture, &
l'autre par l'induftrie. Quoique nous ayons vu que les
Economiftes comprennent *toutes les productions de
la nature brutes ou modifiées comme fource de richeffes*, ils n'en mettent pas moins dans la claffe
ftérile tout ce qui n'eft pas agriculture.

Mais je prends la liberté de demander aux uns
& aux autres fur quoi ils fondent cette diftinction,
pourquoi ils fe font accordés à donner plutôt le nom
d'induftrie au mouvement méchanique & fimple de
nouer des brins de fil enfemble, qu'à la réunion
prodigieufe des moyens qu'il faut employer pour
défricher la terre, accroître fa fécondité, la rendre
propre à telle ou telle culture, & préparer enfin le fil
qui va paffer & prendre de nouvelles formes en
d'autres mains. Je vois une fuite de prodiges qui
s'enfantent mutuellement ; ils font mon admiration
quand je les confidère, & mon bonheur lorfque j'en
jouis. Je vois la nature humaine foumife à une loi
générale, celle du travail. C'eft par lui que l'homme

conferve fon être, & qu'il acquiert toutes les
jouiffances qui le rendent heureux ; mais fi toutes
s'obtiennent par le travail, l'art de les accroître, de
les multiplier, fuppofe beaucoup de moyens différens. Cultivez-vous un champ avec une bêche, vous
confumez vos forces, fans obtenir d'elles à peine de
quoi les foutenir. Mais formez-vous des fillons avec
une charrue, le produit eft immenfe. Il eft donc
inutile que tous les hommes s'occupent des travaux
de l'agriculture : il n'eft pas même poffible que tous
s'en occupent, puifqu'un feul cultivateur peut nourrir
plus de 10 hommes. Il n'en eft pas ainfi des autres
productions dont le progrès eft uniquement le fruit
de vos peines. Un pere de famille emmene-t-il fes
enfans faner les foins de fa prairie, ils retrouveront
dans le même état leurs travaux de la veille, tandis
que le vieillard bénira le Ciel dont la rofée aura fait
croître & verdir pendant la nuit le bled qu'il efpere
recueillir l'automne : d'ailleurs fi l'on tire du fein de
la terre les matieres premieres de nos befoins ef-
fentiels, elle produit auffi d'autres fubftances qui ne
peuvent fervir qu'à notre agrément ; pourquoi refu-
feroit-on de la nature plufieurs genres de bienfaits,
& pourquoi fe refufer à connoître qu'ils deviennent la fource de plufieurs genres de travaux, auffi
liés entr'eux que les productions qui vous donneront
du bled pour vous nourrir, & de la laine pour vous

faire des étoffes? L'art du Boulanger eft-il moins éloigné de la production générale que l'art du Tiffe-rand ? Comment les Economiftes qui n'admettent pour richeffe que la jouiffance , ne comptent-ils que l'art de produire & jamais celui de jouir ? Et com-ment fur-tout peuvent-ils parvenir à les féparer ?

Si les Economiftes , en parlant *des élémens du commerce* & des *principes de tout gouvernement*, s'écrient fur les conféquences *équivoques, erronées*, qui réfultent de trouver *en Thefe* dans ces ouvrages *que la confommation eft la caufe de la production;* je puis donc douter de l'affertion que je trouve dans la Philofophie rurale : *Confommation engendre demande ; demande , valeur d'échange ou valeur vé-nale ; valeur vénale , richeffe ; richeffe , production;* voilà en effet une engendration *généalogico-écono-mique.*

Mais il faut convenir que c'eft donner le même ayeul au même defcendant : en rapprochant ainfi les textes , on ne laiffe pas de fe fortifier contre les anathêmes économiques ; mais fi le defir de s'inftruire ne fait pas rejeter pour toujours les ou-vrages dont les auteurs paroiffent dévoués à foutenir un parti plutôt qu'à chercher la vérité , on voit que non-feulement ce dogme des Economiftes eft con-traire aux vérités qui leur font échappées ; mais en-core à celles qu'ils ont oppofées à leurs propres maximes , quand ils ont oublié qu'elles étoient dans leur ouvrage, & qu'ils les trouvent dans ceux qu'ils appellent hétérodoxes.

Ils répondent par exemple à cette affertion, *qu'il ne fuffit pas de defirer quelque chofe pour l'acquérir, que le defir & les moyens font bien différens* ; & affurément ils ont raifon. C'eft l'ufage plus ou moins effentiel, de telle ou telle production, & les moyens plus ou moins pénibles & plus ou moins longs qui font propres à cette production, qui attirent à fa culture le nombre qui lui eft néceffaire.

Je defirerois que le lecteur connût les ouvrages fur la richeffe & fur l'induftrie qui ont été analyfés dans les Ephémérides ; cependant ces connoiffances lui feroient d'autant moins néceffaires que j'admets le cas particulier choifi par M. Treillard, & d'après lequel les Economiftes croyent décider d'une maniere bien tranchante & bien victorieufe la queftion fur le produit de l'induftrie. *J'ai lu*, dit M. Treillard , Ephémérides de 1768 , *avec attention votre réponfe à l'auteur des Ephémérides, inférée dans le Journal d'agriculture du mois de Novembre 1767 ; on ne peut contefter que vous ayez beaucoup d'efprit , & par l'exemple que vous rapportez d'un Tifferand qui a manufacturé une pièce de toile valant 200 liv. vous m'auriez prefque perfuadé qu'il a ajouté un objet de richeffe de 150 liv. à la valeur*

primitive du lin qui n'étoit que de 50 livres.
Cependant l'expérience que je viens de faire a sçu
me garantir de la séduction de vos raisonnemens.

Je supprime toutes les réflexions que l'on pourroit
faire sur les complimens de M. Treillard à l'Agrono-
me qui a eu l'esprit de vendre 200 liv. la toile qui
ne valoit que 50 liv. je n'aurois pas été si poli que
M. Treillard ; mais devoit-il pousser la politesse jusqu'au point de faire dépendre la question générale
d'un fait particulier : en évaluant le prix du chanvre
qu'il a donné au Tisserand , & le prix de la toile
que le Tisserand lui rend , il ne trouve que le prix
juste des matieres premieres & des consommations
du Tisserand ; il conclut de-là que le produit de
l'industrie est nul ; lui & l'auteur des Ephémérides
envoyent à l'école l'auteur de la lettre sur l'industrie
& sur les richesses : ce qui ne paroîtra pas poli à
ceux qui ne sauront pas que ces maîtres ne connois-
sent d'école que la leur, & qu'ils offrent par conséquent à ce Monsieur que je ne connois pas , *de lui*
enseigner la Doctrine. Mais ces maîtres de la Doctrine n'ont-ils pas fait eux-mêmes une école considérable , en croyant la question décidée ? N'est-ce
pas une erreur d'admettre deux sources en fait de
productions ? Toute culture dont la consommation
ne nous donnera pas une jouissance propre & particu-
liere à la conservation de notre être , mais seulement

à son agrément, n'est-elle pas dans la classe dont l'objet est réellement particulier à l'industrie, & en restera-t-elle moins essentiellement dans le genre absolu de la création? Secondement toute industrie qui variera les formes qu'aura déjà reçues une matière, l'employera donc comme sa matière premiere, & par conséquent cette nouvelle forme produira une deuxieme fois le premier effet. Le linge sera la matière premiere du papier comme le lin est la matière premiere du linge.

Je demande aux Economistes comment, ayant si bien calculé que l'industrie consomme les matieres premieres, ils ont pu s'appesantir sur ces calculs au point de ne pas voir : 1°. que sans cette industrie ces matières premières n'existeroient pas ; 2°. que les subsistances des ouvriers ne seroient pas consommées ; 3°. que cette toile conserve la valeur de toutes les valeurs quelconques qui ont été employées pour la faire ; 4°. que sans cette consommation qui va servir à donner une jouissance nouvelle, la même somme du travail employée au genre d'une production existante, n'eût fait qu'augmenter son abondance sans augmenter sa valeur.

Si ces vues ainsi rapprochées ne suffisent pas pour convaincre le lecteur, il le sera peut-être par les détails dans lesquels je vais entrer pour lever toute espèce de doute sur cette question générale. Non-seulement

on eft obligé de comprendre toutes les valeurs partielles dans le prix d'une chofe quelconque ; mais
n'eft-on pas forcé de convenir que , toutes chofes
égales d'ailleurs, la beauté, le goût, l'exécution d'une
chofe qui fera fufceptible de cet enfemble , augmenteront infiniment fa valeur , fans parler des arts
dont le concours forme la fcience de l'agriculture ,
qui eft fondée fur tant de découvertes , fur tant
d'expériences qu'il femble que le tems dans lequel
elles font femées en foit , non-feulement le dépofi-
taire , mais encore le pere ? Sans porter enfin nos
regards fur cet horifon immenfe ; mais en les rapprochant , en les jetant fur nous pour ainfi dire,
on ne peut pas s'empêcher d'admirer encore les arts
qui donnent les formes ufuelles aux matieres premieres , conféquemment leur valeur , & la leur
confervent lorfqu'elles feroient anéanties , & joi-
gnent par conféquent à leur premiere création le
prodige de leur confervation qui doit être confidé-
rée comme une création , autant qu'on peut comparer le tems de leur durée poffible , avec le tems où
ces matieres premieres euffent été naturellement dé-
truites.

Je fuppofe qu'on aura cultivé le lin avant de favoir
que ce n'eft pas une denrée.

On s'apperçoit d'abord , lorfqu'il eft defféché, que
fon corps eft ligneux ; d'autres obfervations nous
découvrent

découvrent enfuite que vous pouvez détacher de fon tuyau inutile des fibres plus fins & plus flexibles; vous parviendrez enfin à former un fil, du lin qui n'exifte plus; ce fil dans la main du Tifferand, va lui donner tous fes autres befoins, parce qu'il y ajoute la valeur de toutes fes confommations; le producteur qui les lui a fournies; & qui reçoit ce linge en échange, conferve par conféquent la valeur de fes productions qui n'euffent pas exifté ou qu'il n'eût pas fait naître fans l'efpoir de les vendre. Ce linge s'ufe-t-il, l'ouvrier qui l'achette en forme la matiere premiere du papier en achevant la deftruction de fa premiere forme.

Il faut diftinguer, dit M. Quefnay, Phyfiocratie, page 180, *une addition de richeffes réunies d'avec une production de richeffes ; convenir qu'il eft avantageux de diminuer les frais des artifans, & croire cependant qu'il réfulte de leurs travaux une production de richeffes, font deux idées contradictoires.* Je répondrai à cela, 1°. qu'il eft important de ne payer une chofe quelconque que l'addition des richeffes qui doivent compofer fa valeur totale. 2°. Que je ne connois que des frais néceffaires, parce que ceux qu'exige la dentelle, jufqu'à ce qu'on trouve un métier pour en faire, font de néceffité abfolue par rapport aux chofes dans l'état où elles font, & de néceffité relative par rapport aux découvertes, qui

C

peuvent changer l'état de l'art avant d'être perfectionné. 3°. Que la diminution de ces frais qui sont toujours évalués par d'autres consommations est importante, par la seule raison que le même effet produit par une machine, donnera plus de jouissance; ceci répond donc pleinement à l'avantage qu'il y auroit, à ce qu'il prétend, (suivant les principes qu'il combat) à *trouver un moyen qui dût employer le travail de deux ouvriers pendant un an pour faire un verre à boire.*

Il faut distinguer dans les matieres premieres, & encore plus dans l'usage que leur donne l'industrie, celles qui sont de premiere & de seconde nécessité, de celles dont les jouissances s'éloigneront de nos besoins, & ne feront que satisfaire des desirs fantastiques ; il faudra distinguer encore dans les deux premieres classes les substances que j'appellerai *les équivalens*, & dans celle-là, les substances plus ou moins périssables, & celles dont l'utilité vous rend l'usage des autres inutiles. Un de nos besoins réels, par exemple, est de boire ; mais il n'est pas nécessaire, pour exister, de boire du vin, du bon vin, ou du vin délicieux. Ces deux qualités dans le vin si bien senties par le goût, mettent cependant une différence immense dans la valeur d'une liqueur dont toutes les qualités inférieures coûtent intrinsèquement autant que les meilleures, & cela est beaucoup plus naturel que la convention qui a fixé la valeur comparative entre l'or & l'argent. Cette valeur donnée aux vins de la premiere qualité de Bourgogne, est une création qui dépend absolument de l'industrie & de l'art de le préparer ; il y a quarante ans que les vins de la Romanée se payoient dix fois moins qu'aujourd'hui ; je ne dois pas dissimuler que M. Quesnay s'objecte *que c'est de cette dépense qu'opere l'industrie, que résulte la production des richesses, que cette dépense augmente la consommation, étend la concurrence, augmente le prix des productions, conséquemment les richesses annuelles de la nation, la population & la consommation, & que c'est dans ce cercle même que consiste la production réelle des richesses que l'on doit aux travaux.*

Cette objection est si forte contre les principes qu'il admet, qu'il n'y répond qu'en demandant *si l'on croit pouvoir s'étendre plus loin que la production annuelle qui est elle-même la mesure de la dépense de la nation.* Il n'est pas question d'aller plus loin que la production annuelle, ni de croire possible d'aller au-delà, ce qui seroit absurde. Mais il faudroit prouver que, sans l'industrie, ce cercle seroit aussi grand & renfermeroit autant de jouissances différentes ; quant à moi qui admets *qu'acheter est vendre, & que vendre est acheter ;* je vois bien clairement que le premier qui trouva moyen de faire

C ij

entrer dans la circulation , une nouvelle jouiſſance ,
le tabac , par exemple , dont l'uſage ne détruit pas
une autre conſommation , aura trouvé le moyen , non
pas de créer 40 millions qu'il rapporte aujourd'hui ,
mais d'employer cette portion de la maſſe générale
de l'argent , vis-à-vis une valeur nouvelle & qui lui eſt
égale.

Je ne diſcuterai donc pas davantage , ſi le *principe*
de toute dépenſe & de toute richeſſe eſt la fertilité de
la terre , dont on ne peut multiplier les produits que
par les produits , parce qu'il eſt manifeſte que les
Economiſtes bornent à la culture des denrées la
ſource des richeſſes, ou qu'ils font une diſtinction
inconcevable entre une matiere premiere & une
autre, ou qu'enfin s'ils n'admettent point de diſtinction entre les matieres premieres , il font alors une
abſtraction incompréhenſible des arts néceſſaires à la
culture de la terre & des autres arts , ou même de
l'application du même art, d'une roue de charrue à
une roue de carroſſe , par exemple , ou de la clef
d'une grange , à celle d'une autre porte , & qu'au
lieu de conſidérer l'induſtrie comme la cauſe propre
de tous les uſages des matieres premieres , ils diſtin-
guent l'induſtrie eſſentielle à la création , de l'induſtrie,
ce qui peut-être dans leur doctrine, mais ce qui ne
ſera jamais intelligible. Quant à moi je n'admets
rien hors de la nature ; je vois qu'elle renferme

dans son sein tout ce qui existe, & qu'il n'y a que le travail qui en arrache les objets de jouissance que nous passons notre vie à perdre & à rechercher.

Le lecteur qui sera dans l'habitude de penser & dont le commerce n'aura pas été l'objet de ses méditations, pourra cependant induire de cet ouvrage que je n'attache d'autre importance *au prix* que de le rendre réel, à quoi l'on parviendra seulement par la liberté du commerce, liberté essentielle à l'ensemble des droits qui forment la propriété. On peut croire que je borne à cet avantage l'utilité du commerce en lui même, sans considérer les conditions particulieres à tel ou tel état ; je n'avois point entrepris de déterminer ces points de vue ; je voulois prouver seulement que sans l'industrie la plûpart des matieres premieres n'existeroient pas, & qu'elle leur donne encore une autre valeur ; telles sont les teintures que la Chymie tire des métaux dont elle colore les laines & les soies, dont elle pénetre les émaux qui servent ensuite à rendre la peinture éternelle & brillante ; telles sont les liqueurs durables dans lesquelles elle convertit des fruits qui n'existeroient qu'un moment, si l'art n'opéroit pas le miracle qui les souftrait aux loix qui devoient les détruire. Il n'étoit pas possible de faire sentir que les jouissances de plaisir doivent absorber une grande quantité de jouiſſances de toutes eſpèces, & conſéquemment diminuer celles d'où dépendent la population, à moins que le gouvernement ne rende le commerce abſolument libre ; même dans le pays qui auroit le plus d'avantages réels ſur les autres, ſans faire un ouvrage conſidérable & dont ce mémoire n'eſt pour ainſi dire que le proſpectus.

Je ne devois pas prouver non plus, que ce qu'on nomme *frais* étant réellement une portion des valeurs échangées, les négocians devoient chercher à les augmenter, & que c'eſt ſur les frais qu'ils trouvent leurs bénéfices, & à quoi ils feroient réduits, ſi la liberté du commerce anéantiſſoit les droits particuliers, les permiſſions, les prohibitions & toutes les autres manœuvres qui font dépendre le prix des choſes de circonſtances locales, arbitraires & deſtructives du bien univerſel.

Je ne devois pas inſiſter ſur les moyens eſſentiels de diminuer ces inconvéniens, tels que les grands chemins, les canaux ; mais je dois diſcuter l'effet des droits qu'on impoſe ſur les marchandiſes, puiſque je conviens que cet abus, empêchant le prix réel des choſes, met quelquefois le négociant dans le cas de gagner au-delà de ce qu'il gagneroit, ſi la liberté du commerce étoit établie.

Cette matiere eſt ſûrement celle dont on s'eſt le plus occupé ; on a peut-être épuiſé toutes les choſes inutiles qu'on pouvoit dire fur elle : il me femble n'avoir trouvé que dans les ouvrages modernes des Economiftes, des idées générales, profondes & calculées, fur cet objet important ; mais nous devons les refferrer fous l'afpect de la fauffe valeur, que les droits mettent fur les fubftances commerçables, & tourner encore toutes ces vues particulieres, de façon qu'elles puiffent déterminer la grande queftion de la balance du commerce, réfultat général, où tend tout ce que nous avons dit jufqu'à préfent fur le commerce ; cette maniere d'envifager toutes les autres queftions, comme fubordonnées à celle-là, nous paroît fi lumineufe & fi tranchante, que tout ce que nous dirons, ne fervira qu'à donner au lecteur les connoiffances que nous ne pouvons pas lui fuppofer, & fans lefquelles il doit croire qu'il jugeroit très-mal cette queftion.

Comme nous devons feulement calculer l'effet qui réfulte des droits & des taxes, nous nous contenterons de remarquer, qu'il fera le même par rapport au commerce, quoique la nature de ces taxes puiffe être tyrannique ou légale, & que le premier effet d'une taxe quelconque eft d'influer fur la valeur de la chofe impofée. On empêche, par exemple, d'entrer à Paris un tonneau de vin fans payer une telle fomme, il en réfulte évidemment une nouvelle valeur ajoutée à celle du vin, & que le commerce étant un échange de valeurs égales entr'elles, l'impôt mis sur une substance quelconque accroît la valeur de toutes les autres.

Si vous supposez un pays qui n'ait nul commerce intérieur, mais dans lequel le commerce extérieur soit libre, l'impôt mis sur une denrée nécessaire ne fera qu'élever le fluide du commerce, il sera toujours en équilibre; la seule chose qui puisse l'attaquer dans cette hypothèse est l'énormité de l'impôt qui peut être porté au point d'enlever au producteur les avances premieres nécessaires à toutes productions.

Après avoir considéré ce qui peut maintenir l'équilibre dans le commerce intérieur d'un pays, nous jugerons facilement qu'il sera rompu par des taxes différentes mises sur le même objet dans les Provinces, & par l'inconstance des prohibitions & des permissions d'y acheter ou d'y vendre; effet qui accroîtra les malheurs qu'il fait naître, autant qu'on pourra multiplier le cas particulier dans lequel on se trouvera avec ceux où seront les autres Provinces. Le résultat général de ce systême est de forcer partout la nature des choses, de diminuer autant qu'il est possible les productions, d'en rendre le commerce aussi onéreux qu'il peut l'être au peuple, & aussi avantageux pour les marchands, qu'il est illégitime : il fait enfin de chaque Province un Royaume séparé, non

pas

pas pour conferver aux hommes les avantages particuliers dont ils pourroient jouir, mais pour les ufur-
per fur eux & s'en emparer exclufivement ; car,
foit dit en paffant, ces avantages que l'on croit naturels, ne font rien moins que naturels. L'égalité de la
nature dépend bien moins de la grande quantité de
jouiffances communes, que d'une privation générale,
privation d'où réfulte une égalité dans ce premier
état, qui n'eft pas même rompue par les caufes qui
nous paroiffent n'avoir jamais permis qu'elle exiftât ;
la raifon qui fait mourir de chagrin un Lapon,
lorfqu'on le retire de fes déferts glacés, pour habiter
un climat plus doux, fait concevoir que le premier
état de la nature eft prefque celui de l'infenfibilité
morale.

Nous fommes actuellement par rapport à cette
mere commune, comme feroit un jeune homme ar-
dent & vigoureux aux pieds d'une femme ; il ne
penfe certainement pas à fa nourrice ; que ce foit
enfin corruption ou perfectibilité, la fociété change
tout, & nous perdons jufqu'aux traces de l'origine de
notre être.

Nous partirons donc de l'état préfent fans confidérer quelles font les caufes politiques & facrées qui
confervent à une portion des fujets du même Empire, des priviléges que d'autres Provinces ont perdus
depuis fi long tems, qu'elles paroiffent avoir même

D

oublié qu'elles ont encore à défendre les priviléges de l'humanité. Il nous fuffifoit de jeter un regard fur l'état par lequel les taxes arbitraires & inégales font paffer fucceffivement les Provinces d'un Royaume, & l'effet qui en réfulte par rapport au commerce, pour nous préparer à ouvrir les yeux fur le commerce général.

Si l'autorité arbitraire, fi un pouvoir aveugle & avide peuvent abandonner un Royaume aux fureurs du monopole, tandis qu'une autorité éclairée & fage fentiroit tous les avantages qui font attachés à la liberté, la nature rend cette égalité prefqu'impoffible de Royaume à Royaume : il eft queftion de découvrir comment le commerce parvient à l'établir jufqu'à un certain point, & quels font les effets qui en réfultent par rapport aux négocians & aux nations.

Les nations ne feront point foumifes entr'elles à une loi, qui peut forcer, par rapport à chacune d'elles, la nature des chofes, & les mettre dans l'équilibre. Quoique les Royaumes foient les Provinces de l'Univers, ils font prodigieufement diftants, les peuples ne font pas au même degré de connoiffances ; ceux qui font au même point de perfectibilité n'ont pas le même intérêt politique ; enfin chacun d'eux ne jouit pas des mêmes chofes, ni dans la même abondance ; chacun d'eux veut conferver ce qu'il poffede & acquérir ce qui lui manque. Voyons naître le commerce entr'eux, voyons s'il parvient à unir ces membres féparés de ce grand tout, & l'effet général & particulier qui peut en réfulter.

M. Quefnay fait confifter l'avantage du commerce à procurer des jouiffances dont on feroit privé, fi les commerçans ne les tranfportoient pas du lieu dans lequel elles font abondantes, dans celui où elles manquent.

Il prétend que l'effence du commerce, étant l'égalité dans les échanges, cette égalité anéantit tout ce qui n'eft pas compris fous la dénomination de frais de commerce, qui font une partie fouftraite aux deux valeurs échangées, & qui forment les feuls bénéfices du commerçant. Les détails dans lefquels nous entrerons, prouveront que fa façon de penfer fur le commerce, fe réduit à l'expofé que nous faifons pour fixer les yeux du lecteur.

Il fuffit de remarquer que cela feroit de toute vérité, fi l'égalité fuppofée réelle, étoit en effet réelle; mais il s'en faut bien, & c'eft-là ce qu'il faut expliquer.

Nous différons des fentimens de M. Quefnay à l'égard de l'induftrie, en ce que nous penfons avoir prouvé, qu'elle crée 1°. des jouiffances qui n'exifteroient pas fans elle ; 2°. que non-feulement elle ajouté à fes produits toutes les valeurs partielles, foit des matieres premieres ou de confommation ;

mais encore un prix fantaftique & auquel une opinion
reçue donne enfin la réalité humaine.

Nous croyons avoir mis tout lecteur attentif en
état de juger, que dans un Royaume où la liberté
de commerce intérieur exifteroit, ce que dit M.
Quefnay du commerce en général, feroit inconteftable ; mais il nous paroît impoffible de conclure
du commerce particulier au commerce univerfel ;
nous ofons même dire qu'étant impoffible de ne pas
s'appercevoir de la différence des jouiffances des richeffes particulieres à chaque peuple, il auroit dû
comparer l'effet commun & naturel qui en réfulte
dans le rapport univerfel, à l'effet du monopole dans
un Royaume: la nature eft un tyran qui a une foule
d'efclaves & quelques favoris ; il eft vrai que fes fa-
veurs ou fes difgraces font conftantes, on parvient
cependant quelquefois à perdre les avantages qu'on a
reçus d'elle, & ceux qu'elle en a privés parviennent
à les acquérir.

Nous voici arrivés au point d'où nous devons
confidérer l'enfemble des chofes. 1°. La plus grande
partie des peuples connus ont les mêmes matieres
pour valeur commune de toutes les autres fubftances, l'argent. 2°. Les productions du Nord n'exiftent
point dans le midi. 3°. Des circonftances particulieres
& politiques influent tellement, que des peuples
font très-fobres au milieu de l'abondance, les autres

parviennent à cultiver des fleurs dans un terrein que la nature ne couvriroit pas feulement d'herbes ; enfin l'induftrie qu'ils employent dans leur culture fait qu'un payfan en Angleterre abforbe environ la production de fix arpens de terre, en France de deux, & à la Chine feulement la dixiéme partie d'un arpent. Il n'eft pas queftion de juger fi un Anglois logé commodément, vêtu d'étoffes de laine, mangeant tous les jours de la viande & buvant de la biere, ne doit pas fe croire infiniment plus heureux qu'un Chinois qui ne mange que du riz, ne boit que de l'eau de riz, & vit prefque tout nud dans les Provinces méridionales & fertiles de cet Empire : nous confidérons feulement *ces élémens* du commerce, nous voyons que ce peuple bien loin de multiplier & de varier fes jouiffances, ne cultive pour ainfi dire, que les denrées qui peuvent fournir la fubfiftance au plus grand nombre, qu'il croit poffeder tout ce dont il a befoin, qu'il ne vend que ce qu'il croit lui être fuperflu, qu'il ne fait point de commerce extérieur, qu'à peine il s'apperçoit du petit commerce que toute l'Europe confpire cependant à faire avec lui, & qu'il n'accepte enfin pour échange de fa vente que l'argent, reçu dans le monde entier comme valeur commune des autres valeurs. Le Commerçant doit donc s'occuper à devenir le *moyen terme* des deux *extrêmes* qui font les états dans lefquels il doit faire le commerce.

Il voit, par exemple, qu'à la Chine le peuple étant vingt fois plus nombreux, la valeur de sa consommation vingt fois moindre qu'en France, (toutes choses égales d'ailleurs,) ce qui coûte en France vingt sols, n'en doit coûter qu'un à la Chine ; que ce qui en coûte un à la Chine, en doit coûter vingt en France, & par conséquent, (toutes choses d'ailleurs égales, je le répète encore une fois,) la différence de ces deux extrêmes fait qu'un sol à la Chine & vingt sols en France sont des valeurs égales, par rapport à chacun de ces peuples séparément * ; mais il n'est pas moins vrai que pour le Commerçant il y a 19 de différence ; il en résulte donc qu'il gagne réellement ce qui n'est pas absorbé par les frais de son commerce, quoiqu'il contracte vis-à-vis de chacune de ces nations de valeur à valeur égale ; & pour chaque particulier de ces nations tout se réduira à savoir si un François, qui consomme vingt fois plus qu'un Chinois, doit se croire plus heureux. Il est donc bien clair que le Commerçant qui trafique avec une valeur commune en Chine & en France, avec l'argent, est tour à tour au pair avec chacune de ces nations ; mais le pair de certaines choses dans les deux pays, est comme 20 est à un, & dépend, comme

---

* L'assiette de porcelaine que la Compagnie des Indes vend 20 sols en France, lui a coûté un sol d'achat à la Chine.

je l'ai dit , des circonftances propres à chacun d'eux ,
ou de l'abondance ou de la difette dans le même
pays ; le pair fe trouve toujours dans les échanges,
quoiqu'il dépende des quantités & de la qualité ; la
valeur de 10 bouteilles d'excellent vin de Vofne eft
égale à celle de 100 bouteilles de vin de Brie. On
peut donc juger que fi un peuple aimoit autant le
vin de Brie que nous en faifons peu de cas , & que
ce vin de Brie pût entrer dans les échanges que
nous contracterions avec lui , nous gagnerions, à le
lui vendre, dix pour un fur ce vin. La *quantité* & la
qualité de la même fubftance , non - feulement ont
des valeurs égales , quoique les jouiffances qu'elles
procurent foient différentes ; mais l'abondance & la
rareté influent infiniment fur la valeur des chofes ;
or , fi nous pouvons avoir les yeux ouverts fur l'Europe , l'embraffer toute entiere dans notre horifon ,
il n'en eft pas ainfi du monde entier. L'Europe peut
donner une réalité *Européenne* à la valeur d'une certaine production du Japon ; cette fubftance peut être
fort rare pour notre hémifphère & très-vile dans celui qui la fait croître. La différence de ces données eft
fi énorme dans ce cas, qu'il eft bien moins à craindre
d'augmenter les frais du commerce en augmentant
la concurrence des Négocians , & d'ouvrir nos
ports , que de les fermer & de rendre une compagnie exclufive pour faire ce commerce. La concur-

rence augmentera les jouissances, tout le reste sera
égal ; mais il n'est pas indifférent d'avoir deux aunes
de mousseline pour une; il est vrai que le Négociant
qui peut vous en vendre une pour la valeur de deux,
y perd cent pour cent; mais la nation les gagnera
s'il les perd, ce bénéfice dans les mains du négociant
ne produit pas le même effet pour la nation, il s'en
faut bien. Je ne suis pas étonné, jusqu'à un certain
point, que les Economistes qui n'ont guère voyagé,
ignorent ce qu'ils n'auroient pu apprendre que dans
les livres qui traînent chez les Banquiers, on ne
cherche pas de connoissances philosophiques dans
leurs caisses ; c'est bien assez d'y trouver de l'or; mais
le hasard qui m'a transplanté dans les premiers mo-
mens de ma jeunesse en Hollande, qui m'a fait
causer avec les Souverains de Batavia sur un port
immense & couvert de vaisseaux qui partent sans
cesse pour les quatre parties du monde, & qui en
rapportent continuellement les richesses, fit naître
en moi la seule curiosité que je n'avois pas en commençant à voyager. J'appris donc que l'art du Banquier quand il fait des *traites*, des *remises* *, étoit
de prendre ou de donner, tantôt le certain pour
l'incertain, & *vice versa*. Or l'on voit que le Banquier, qui doit faire passer de l'argent, en remettre

---

(*) Voyez le Dictionnaire de Savary à ces mots.

ou

ou en tirer, tâche de se mettre au pair vis-à-vis les places qui ne sont point au pair entr'elles, & quoiqu'à chaque opération il y ait $\frac{1}{4}$ pour $\frac{0}{0}$ de commission, que le Banquier opere avec une valeur commune, que chaque opération qui précéde la sienne ait supofé le pair dans les échanges particuliers ; comme il peut choisir dans le rapport universel de tous ces échanges ; comme il peut juger que le pair réel, entre Paris & Londres, n'est pas le même qu'entre Paris & Lisbonne, & que celui de Cadix avec Hambourg est différent de celui des autres places ; comme l'argent est marchandise', qu'il baisse ou qu'il hausse dans chaque place pour être au pair qui dépend réellement de cas particuliers ; il est certain que le Banquier peut gagner par rapport à une place sans perdre sur une autre. Voilà le squelette du commerce, qu'il est tems de considérer sous l'aspect de la balance du commerce de nation à nation ; le négociant est le Banquier de l'Univers, & son opération est plus compliquée que celle de la banque simple, parce que le négociant peut non-seulement se conduire comme le Banquier dans le commerce des valeurs, mais encore préparer, cultiver, fabriquer toutes les substances : il faut voir s'il ne peut pas gagner infiniment plus que le simple Banquier.

M. Quefnay dit qu'une nation *ne peut se procu-*

E

rer l'avantage de la balance en argent, qu'en augmen-
tant ses ventes chez l'étranger & en diminuant chez
elle la consommation.

Il a grande raison dans l'hypothèse de la réalité complette, dans la valeur des termes d'échange; mais cette réalité qui est d'opinion dépend d'une grande quantité de cas variables, & qui donnent une autre *réalité* à Cadix qu'à Batavia; je crois que le principe d'égalité dans les valeurs, qu'il considere comme universelle & absolue, est la cause des erreurs dans lesquelles il me paroît être tombé : cette remarque n'ayant pas été faite avant moi, laissoit sans replique tout ce qu'il a dit d'après son hypothèse.

M. Quesnay fixe & détermine avec beaucoup d'habileté l'idée obscure, vague, incertaine qu'on a sur la balance du commerce; il montre bien évidemment que c'est une absurdité de prétendre vendre plus à l'étranger, qu'on n'achette de lui, & qu'enfin cette balance, que chacune des deux nations prétend faire pencher à son avantage, doit être en équilibre entr'elles, & que si on entend par balance l'excédent en argent, payé à l'étranger pour completer le pair total des échanges réciproques, cette perte est illusoire; ce qui est encore une fois incontestable dans l'hypothèse de l'égalité réelle, fondamentale & constante; mais cela n'est rien moins que vrai, cette égalité est relative & variable. 1°. Le superflu d'une

nation peut être néceſſaire à une autre ; cette nation, ſi elle poſſede ſur-tout des mines d'or & d'argent, réunit tous les motifs pour nous donner de
l'argent contre les ſubſtances qui lui ſont néceſſaires;
cette néceſſité dans laquelle elle ſe trouve, augmente
la valeur des ſubſtances, avilies par leur abondance
chez nous ; voilà l'avantage réciproque qui dépend
des cas particuliers dans lequel ſe trouvent ces deux
nations ; car prétendre qu'il eſt plus avantageux d'a-
cheter de l'or que d'en vendre pour avoir des
productions, c'eſt une abſurdité morale. Le ſeul
avantage qu'on puiſſe trouver à donner d'autres
ſubſtances pour de l'or, conſiſte à ſe procurer les
moyens de porter la guerre dans les pays étrangers,
moyens que l'on ne peut pas mettre aſſurément
au nombre des projets que l'on conçoit pour le bonheur du genre humain.

M. Queſnay releve avec la vigueur & la ſagacité
qui ſont propres à ſon génie, l'avantage prétendu
de vendre aux étrangers des ſubſtances périſſables,
& d'avoir en retour de l'or & de l'argent ; il prouve
bien que ſi cet avantage étoit réel, il faudroit
donner la valeur d'un million en denrées pour un
écu.

Il eſt certain que ſi on ne convertiſſoit pas en fonds
cette maſſe d'or & d'argent, ou qu'on ne l'enfouît
pas dans la terre, ainſi que cela arrive dans les Indes,

la multiplication de cette maffe opéreroit feulement la diminution de la fonction des efpèces actuellement reçues. Depuis la découverte des Indes, toutes chofes d'ailleurs égales, il faut pour acquérir une valeur, avoir cinquante fois plus d'argent que dans le feptieme fiécle ; voilà ce qui a dévafté l'Efpagne, & coûté tant de fang à l'Univers. Enfin, il eft bien clair, comme le prétend M. Quefnay, que l'avantage d'avoir de l'argent en retour n'eft pas celui auquel les négocians doivent tendre, *parce qu'ils favent qu'il n'y a rien à gagner pour eux fur l'argent, & que ce retour eft la preuve qu'ils n'ont pas pu étendre leurs achats comme ils l'auroient voulu.*

M. Quefnay avoue ici que le négociant a déjà gagné fur les fubftances, & voilà ce dont il ne convenoit pas ; il eft vrai que le négociant n'a pas encore gagné autant qu'il peut gagner ; mais il a imaginé fe procurer ce double gain, en commençant, par exemple, à prendre pour échange des piaftres d'Efpagne pour confommer fon opération par un nouvel échange de fes piaftres contre des marchandifes des Indes ; & cette opération doit fe renouveller fans ceffe, parce que fi le négociant avoit repris les fubftances réelles pour le pair des fiennes, il auroit pu fe mettre dans le cas d'y perdre en les apportant dans un pays où les circonftances particulieres lui feroient défavorables : le négoce feroit alors

composé de deux échanges complets , soumis à une
multitude de cas variables , au lieu que le commerce
eſt composé de trois échanges , dont le premier &
le dernier ſont ſuſpendus par une valeur à peu-
près conſtante & univerſelle : moyennant cela le
commerçant profite de tous les cas particuliers vis-à-
vis les deux nations qui ignorent les circonſtances
particulieres dans leſquelles le négociant contracte
ſéparément vis-à-vis l'une & puis vis-à-vis l'autre.

Il ne nous reſte plus qu'un beau phénomene à
expliquer : comment on trouve en Angleterre l'abondance des productions qui n'y croiſſent pas , & la
miſere dans les pays les plus fertiles ; nous n'entrerons
pas dans l'examen particulier de ces cauſes, non pas afin
d'éviter le danger qu'il y a de dire quelquefois des choſes
utiles , ce danger n'exiſte pas ſous un miniſtere aſſez
éclairé pour vouloir l'être encore davantage, mais parce
qu'elle nous feroit ſortir des limites de cet ouvrage.
Nous eſpérons convaincre le lecteur de la vérité de
nos motifs & le perſuader de la différence immenſe
que nous mettons entre la prudence & la crainte ,
en diſant affirmativement , que le contraſte éton-
nant , dont nous avons parlé , contraſte qui ſemble
anéantir les loix de la nature , dépend ſeulement des
attentats qui ont violé les droits de la propriété. On
connoît un pays qui contenoit, il y a quelques ſiécles ,

cinq fois plus d'habitans qu'aujourd'hui ; enfin toutes
les fois que des hommes ne font pas efclaves & qu'on
leur enleve cependant le fruit de leurs travaux , ils
font alors un calcul entre leur travail & les jouiffances qu'il procure fans les leur conferver , & le
fruit de ce calcul eft un repos deftructif.

Si les Anglois font privés de beaucoup de matieres premieres , & par conféquent des feconds produits qui réfultent de leurs combinaifons , mais
qu'ils ayent l'art de les employer mieux que les
autres nations ; qu'on leur laiffe pofféder tranquille-
ment des découvertes que l'inertie des autres nations leur conferve exclufivement ; s'ils trouvent le
moyen de faire parfaitement avec des emporte-pié-
ces , des rouleaux & des preffes , l'ouvrage qu'exé-
cuteroient fort mal un nombre bien plus confidérable
d'hommes qu'ils n'employent de machines , n'eft-
il pas clair qu'ils vendront aux Efpagnols les draps
faits avec leurs laines ? N'eft-il pas certain d'a-
près ces données , que les Efpagnols y perdront beaucoup moins qu'à les fabriquer chez eux, & que les
Anglois gagneront tout ce qui fera au-deffus de la
valeur premiere des laines ? Ils n'ont point de vin ; ils
n'ont point d'huile ; ils n'ont pas de foie ; &
feront voluptueux & magnifiques : encore une
fois je ne prétends pas que ces poffeffions , ces

efpèces de conquêtes de l'induftrie fur la nature, puiffent dédommager de la liberté politique qu'elles font perdre prefque toujours ; mais on ne peut pas contefter que ce ne foit des jouiffances acquifes, & voilà l'objet de la queftion ; voilà ce qui démontre, qu'un peuple corrompu & pauvre a befoin de conquérir les élémens des richeffes que la nature lui a refufés, parce qu'il fent que tous les avantages que lui donne fon induftrie chez les autres peuples font précaires ; & qu'un homme de génie qui gouverneroit un pays fertile, rendroit dans un inftant à la nature tout ce que l'art a ufurpé fur elle. On voit donc l'avantage réel de conquérir des contrées où la nature donne les productions qu'elle refufe en Europe, & d'où nous puiffions les tirer en échange des nôtres ; voilà les feules colonies qui ne pourront pas fe fouftraire à l'Europe. Cet avantage fe réduit à l'acquifition d'une jouiffance, & à la néceffité de s'en paffer, ou de fubir les conditions du cas particulier où fe trouveroit la nation qui nous les apporteroit ; mais celle qui cultive le fucre & le café étant privée du bled & des autres productions du Nord, feroit forcée de nous donner celles qui lui font particulières pour celles des nôtres qui lui font utiles.

Il ne nous refte plus à parler que de la concurrence ; & tout ce que nous avons dit nous difpenfera d'entrer dans les détails immenses où l'on a toujours noyé les questions qu'on a élevées sur elle.

Je ne fais que répéter ici ce que j'avois écrit dans un ouvrage fait pour le Gouvernement, & pour être communiqué aux Magistrats dans le tems où la cherté du pain excitoit leur sollicitude, & laissoit croire par la contrariété de leurs opinions avec celles des autres Parlemens du Royaume, qu'il restoit au Parlement de Paris beaucoup de piéces à connoître de ce grand procès du Peuple contre les réglemens. Ce mémoire n'a point été publié & ne le sera pas, parce que je l'avois fait uniquement dans l'espérance de le rendre utile, & que j'avois cru y parvenir en remettant sous les yeux des Magistrats, ce que les Economistes, M. Abeille & M. de Tronnes en parculier, ont dit de démonstratif sur cette matière.

Le public doit connoître actuellement ces ouvrages : avant la lettre que vient d'écrire au Roi le Parlement de Grenoble à ce sujet, je ne croyois pas qu'il fût possible d'en faire de meilleurs ; mais je vois avec étonnement qu'il m'étoit réservé de découvrir les erreurs dans lesquelles tous les Ecrivains sont également tombés en pensant, que la concurrence doit être universelle & absolue ; & qu'il me soit permis d'ajouter, que je ne comprends pas comment M. Quesnay ne s'est pas apperçu qu'il a démontré souvent le contraire du dogme universellement reçu sur la concurrence & qu'il

qu'il établissoit lui-même. Voici le fait : il a dit, ré-
pété & prouvé cent fois que le bénéfice du commerce n'existoit que dans les frais qui sont pris sur
les deux valeurs échangées : or, comment est-il
possible qu'il n'ait pas vu, toutes les fois qu'il reve-
noit à ce principe, qu'il prouvoit en même tems
que la plus grande concurrence étoit la plus grande
somme possible de frais ?

Il faut sans doute protéger la plus grande concurrence possible de production, mais diminuer autant
que cela se peut les frais des échanges ; ce que l'on
parvient à faire par la communication des grands
chemins, & sur-tout par la navigation. Si j'admettois
une classe stérile, elle seroit assurément composée de
gens inutiles, & il y en a beaucoup ; mais je vois que
dans le nombre de ceux qui ne font que transporter
des matieres ou les revendre, la plûpart de ces gens-là
vivent absolument aux dépens du public, & cette
espéce d'homme est plus que stérile, car elle est à
charge & pèse sur la nation. Je crois avoir prouvé
que le commerce des Indes pouvant être infiniment
lucratif, & son bénéfice inconnu, ou du moins
inappréciable, car il peut varier de 100 pour $\frac{0}{0}$ dans
certaines circonstances, il faut en laisser la concurrence
absolument libre ; parce que la perte des frais multipliés par la concurrence, ne peut pas entrer en com-

F

paraison avec la perte des gains énormes que les
Négocians peuvent faire sur la nation. Ce qui ne peut
pas être assujetti au calcul doit rester libre ; mais ce
qui se passe en France peut être calculé ; & nous allons
voir ce que produit la plus grande concurrence, non
pas dans les fabriquans, mais dans les marchands. J'aurois pu prendre tout autre exemple que celui que je
choisis pour démontrer cette importante vérité, mais je
me suis déterminé à puiser mes preuves dans les détails
de la boulangerie, quoiqu'ils soient plus longs & plus
pénibles que n'eussent été d'autres, parce que l'objet
de ces détails est intéressant en lui-même ; que
d'ailleurs j'avois eu occasion d'y entrer lorsque je tra-
vaillois à l'ouvrage dont j'ai parlé ; qu'ils me donnent
enfin celle d'apprendre au public que M. de Sartine
m'a procuré les moyens de les connoître, & qu'il a
fait tout ce qui étoit en son pouvoir pour les rendre
utiles ; mais je le répéte, je n'ai point donné cet
ouvrage, parce que j'aurois été comme un Médecin
qui apprendroit à son malade qu'il connoît sa mala-
die, & que le remède qui doit le guérir est en
Amérique.

Je sais que la consommation du pain dans Paris est
évaluée par jour environ à 750,000. liv. Toutes les probabilités sont réunies pour faire croire qu'il y a précisément le nombre de garçons boulangers, qui, en

travaillant autant qu'ils le peuvent, fourniffent cette confommation ; il eft queftion de fçavoir l'effet que produit la concurrence des maîtres Boulangers, & fi l'on peut prouver enfin qu'il y en a trop, & combien il devroit y en avoir. Cette concurrence n'a de bornes que pour ceux qui ne peuvent pas payer cette maîtrife : il y auroit donc encore plus de Boulangers, s'ils n'étoient pas obligés à ces conditions.

Je ne prétends pas qu'il ait été fage de les établir, qu'il ne fût pas fort utile de les fupprimer ; mais je prétends prouver qu'en aboliffant ces conditions, il faudroit encore diminuer leur nombre ; & je crois pouvoir le déterminer.

A quelque prix que foit la farine, les Boulangers de Paris en forment les fortes de pains connus fous la dénomination de *pâte ferme* en *blanc*, en *bis*, & en *bis-blanc*.

Le fac de farine ne contient ordinairement que 320 liv.

On diftingue quatre façons de fabriquer le pain avec la même farine blanche, fçavoir le *pain ferme*, *demi-ferme*, *demi molet*, & *molet*.

Le fac de farine donne 408 à 416 liv. de pain demi-ferme ; 416 à 424, de demi-molet ; 424 à 432, de molet.

La farine *bis-blanc* produit 8 à 10 livres de pain de plus que la farine blanche.

La farine bife produit 20 liv. de plus que la farine blanche.

Il en réfulte que l'art du Boulanger convertit en pain un quart audeſſus de la farine qu'il achette.

Il faut donc connoître quelles ſont les cauſes qui peuvent le mettre dans le cas de ſe contenter pour ſes frais & ſon bénéfice de ce quart en ſus, ou qui le forcent à vendre ſon pain d'avantage; & ces cauſes dépendront, 1° des frais néceſſaires pour la fabrication du pain; 2°, de l'évaluation de l'exiſtence du Boulanger; 3°, du nombre des conſommateurs ſur leſquels il pourra partager les bénéfices, dont le total ſera néceſſaire à ſon exiſtence.

En partant d'après l'état actuel des choſes, & en ſuppoſant qu'un Boulanger cuiſe trois ſacs de bled par jour, ſes frais montent à 27 liv.

Savoir.

Pour le chargeage à 2 ſ. 6 d. par ſac	7 ſ. 6 d.
Voiture 7 ſ. par ſac	1 1
Déchargeage & port dans les greniers	9
Mélange de la farine à 2 ſ.	6

Le four ordinaire d'un Boulanger ne contient que 200 à 240 pains; nous ſuppoſons que celui dont nous calculons les frais, fait cinq à ſix fournées, ſa dé-

2 l. 3 ſ. 6 d.

ci   2 l. 3 f. 6 d.

penfe en bois fe monte à fept liv. dont on peut déduire trois livres pour le prix de la braife, refte donc de frais réels en bois   4

Une livre de chandelles & une livre d'huile   1   4

Trois livres de levure à 8 f. 1 l. 4 f.

Une livre & demi de fel
à 12 f.   18   }   2   2

Premier garçon   1   2
Deuxieme garçon   18   }   2   16
Troifieme garçon   10
Une fervante   6

Nourriture du Maître, fa femme, de deux enfans & de fes quatre domefti-
ques   8

Entretien des Maîtres &c.   2

Blanchiffage, y compris celui des ta-
bliers des garçons   15

Entretien du four, dépériffement des uftenfiles, pain gâté ou brûlé   1

Loyer de la boutique fur le pied de 800 liv.   2   4

Capitation & induftrie   6

Infolvabilité des pratiques   10

           Total   27 l.   6 d.

Pour 27 livres, un Boulanger fabrique donc trois facs de farine, qui font fix feptiers de bled, dont le prix commun fera 144 livres ; il y ajoute 27 liv. ; le total formera 171, liv., & il vendra 1300 livres de pain dont la livre ne doit coûter par conféquent que deux fols fept deniers.

La libre concurrence, qui n'augmente point les confommateurs, a porté le nombre des Boulangers à près de 1400 ; & dans ce nombre on en compte quatre ou cinq cens qui ne cuifent qu'un demi fac par jour : or, leur exiftence ne peut pas être réduite au-deffous de 13 à 14 livres par jour, ce qui les met vis-à-vis des autres Boulangers qui confomment trois facs, comme un eft à deux par rapport à leur exiftence, & comme un eft à fix par rapport à leur débit ; il faut donc que le Boulanger, dont l'exif-tence ne fe monte qu'à 14 liv., & qui ne vend que 216 livres de pain, ajoute 14 liv. pour fon exiftence à la fabrication de 24 liv., ce qui fait 38 liv. qu'il doit trouver fur le débit de ces 216 liv. de pain ; d'où il réfulte qu'il doit vendre chaque livre de pain trois fols fix deniers, fans quoi il n'en pourroit pas manger lui-même. Ce prix devient gé-néral pour tous les Boulangers, parce qu'il eft établi par quatre ou cinq cens Boulangers, qui ne peuvent pas le mettre au-deffous. Les autres font des gains immenfes, dont le public ne s'apperçoit pas, tandis que faute d'avoir calculé qu'il faudroit diftribuer dans les différens quartiers de Paris 6 à 7 cens Boulangers pour mettre le pain à 2 fols quelques deniers, quand même le fac de farine coûteroit 48 livres, cette différence coute plus de dix millions; ce qui eft effroyable lorfque l'on confidère que cette fomme énorme eft prife prefque toute entière fur la fubfiftance du peuple.

On ne peut donc pas trop augmenter la concurrence de production, trop diminuer les frais de tranfports, & trop reftreindre le nombre de ceux qui vivent aux dépens du public; & refferrer par conféquent la concurrence des marchands ruineufe pour eux & pour le public. Pour eux, parce qu'ils perdent ce que gagne un autre marchand; pour le public, parce que le total des frais, quoique peut-être les plus petits poffibles pour chaque marchand, devient immenfe par la quantité de ces marchands multipliés, & par les progrès du luxe qui augmente infiniment les dépenfes.

MÉMOIRE

MÉMOIRE
SUR LA COMPAGNIE
DES INDES.

SI l'on peut être furpris de voir l'adminiftration obligée de rompre elle-même en 1764 la chaîne par laquelle elle avoit fu lier jufqu'alors les Actionnaires, il eft encore plus difficile de comprendre comment les appels, les emprunts, les hypothéques néceffaires pour trouver des capitaux fuffifans avant qu'ils fuffent empruntés, & toujours infuffifans dès qu'ils l'étoient, n'ont pas tiré les Actionnaires de cette incroyable inertie.

Si on ne peut s'empêcher de remarquer que l'inftant où ils connurent leur fituation, eft celui dans lequel ils apprirent que la plus grande partie de leurs fonds étoient engagés, on ne peut pas fe refufer à croire qu'ils fe trompoient facilement, ou qu'il étoit bien facile de les tromper.

Ils regarderent fans doute dès-lors comme le feul moyen de conferver quelques foibles débris de leur fortune, celui de fouftraire aux événemens du commerce ce qui leur

G

restoit sur le contrat de cent quatre-vingt millions , pour former l'intérêt de 80 liv. de rente par chaque action. De ce moment les Actionnaires sont devenus rentiers ; leur état , comme rentiers, est fixé par un Edit du Roi enregistré. Seroit-il de l'intérêt des Actionnaires de supplier Sa Majesté d'anéantir une loi qu'ils sollicitèrent comme une faveur ? Ce n'est plus une question depuis qu'ils décidèrent dans l'assemblée du 15 Avril dernier, à la pluralité de cent soixante-dix voix contre soixante, qu'ils vouloient conserver les fonds qu'ils avoient hypothéqués pour eux-mêmes.

Ce que je dis paroît attaquer l'administration de la Compagnie des Indes , mais la suite de ce Mémoire ne laissera de doute sur aucune personnalité. Je suis persuadé que l'administration peut prouver qu'elle n'a jamais fait que des dépenses nécessaires dans tous les genres quelconques , qu'elle a employé tous les fonds de la Compagnie pour la Compagnie , qu'elle a contracté pour elle au meilleur marché possible, & acheté les meilleures marchandises : mais la question que je veux envisager dans ce Mémoire n'en restera pas moins toute entière à examiner. Les détails dans lesquels l'administration entrera sans doute pour éclairer sa conduite particulière, ne changeront point l'état des choses dont il faut partir.

Lorsque l'administration fut forcée d'apprendre aux Actionnaires que leurs fonds étoient absorbés , & qu'il leur falloit trente millions pour continuer le commerce, & payer ses engagemens, dont quelques-uns étoient pressans, elle annonça cependant que le commerce de la Compagnie des Indes s'étoit bonifié d'onze millions depuis 1764.

C'étoit peut-être la première fois qu'une règle d'arithmétique forma un parti entre des Commerçans , ou qu'on

voyoit des gens mettre un intérêt assez vif à la continuation du commerce de la Compagnie, pour espérer qu'à
force de se récrier sur les bénéfices du commerce des Actionnaires, ils leur persuaderoient que ces bénéfices étoient
réels. Parmi les gens de ma connoissance rassemblés à la
Compagnie, je remarquai que MM. Dupan, la Rochette &
Panchaud ne faisoient point de complimens, & paroissoient
aussi éloignés que moi de les prendre pour argent comptant ; nous nous rencontrâmes souvent depuis à l'administration ; & n'ayant perdu que la veille de la convocation
de la seconde assemblée des Actionnaires, l'espoir de ramener leurs Députés aux vues auxquelles nous étions seulement attachés par la force des calculs & l'évidence, nous
nous rassemblâmes le soir, & passâmes la nuit à faire le
Mémoire que lut M. Panchaud, & auquel il eut la plus
grande part. Le motif qui nous avoit laissé si peu de tems
pour rassembler nos idées, étoit honnête; nous avons voulu
donner une preuve de notre zèle & non pas de talens ; ce
motif existe encore aujourd'hui. Je donne ce Mémoire avec
les fautes que j'y laissai ; à peine avoit-on eu le tems de
l'écrire : d'ailleurs le laissant tel qu'il fut déposé à l'administration, on verra de quelle utilité il a pu être à M. l'Abbé
Morellet. Je crois enfin que ce Mémoire, & les états de
la situation de la Compagnie, infiniment plus clairs que le
bilan inséré dans le Mémoire de M. l'Abbé Morellet, doivent décider les Actionnaires sur le parti qu'ils ont à prendre; & la suite de ce Mémoire peut les engager à se défier
des projets qu'on ne cesse de leur proposer. C'est là, je le
répéte encore, la seule raison qui me fait donner un ouvrage que je n'ai pas eu le tems de faire; mais,

. . . . . *Eloquio victi, re vincimus ipsâ.*

Discours prononcé dans l'assemblée de la Compagnie des Indes, du 29 Mars 1769.

MESSIEURS,

Nous convenons des exposés, des faits renfermés dans le résultat commun des recherches de vos députés sur notre situation actuelle; nous voudrions sans doute qu'il nous eût été possible de concevoir les mêmes espérances que M. d'Epréménil sur l'état futur de la Compagnie, mais réunis sur la nécessité de payer ses engagemens, d'accord sur les causes qui les ont fait contracter, nous n'avons pas pu fermer les yeux sur les calculs qui détruisent, à ce qu'il nous paroît, l'espoir auquel se sont livrés ceux d'entre nous qui pensent que la Compagnie peut continuer son commerce. Nous croyons, Messieurs, que vous mettez au nombre des devoirs de vos députés, de vous rendre compte de tout ce qui peut vous faire connoître, approfondir & peser vos intérêts.

C'est dans cette vue que nous vous observerons, Messieurs, que si nous ne vous présentions que le résultat des tableaux de la situation de la Compagnie, telle qu'elle existoit en 1764, & telle que nous l'avons présumée en 1771, il vous paroîtroit que votre situation s'est béné-ficiée de plus *d'onze millions*; mais comme il vous importe d'avoir de ce résultat l'idée la plus vraie & la plus exacte, nous vous prions de nous permettre quelques comparaisons relatives entre votre actif de 1764, & votre actif de 1771; entre votre passif de 1764, & votre passif de 1771. Comme l'exactitude arithmétique dans l'énoncé des sommes nuiroit plus à la liaison de nos raisonnemens, qu'elle ne serviroit à donner de la précision à nos vues, nous vous prévenons ici une fois pour toutes que nous ne parlerons qu'en sommes rondes, & que nous négligerons les appoints.

Votre actif de 1764 monte à 230 millions.

Votre actif de 1771 . . . . à 287 millions.

Et cette différence de 57 millions provient de ce qu'en 1764 il n'y avoit d'éventuel propre à ce tableau là que le seul objet de 4, 800, 000 liv. produit présumé de la vente de 1765 ; au lieu que dans votre actif de 1771 il y a d'éventuel propre à ce dernier tableau ,

27 millions restés dans l'Inde pour former les expéditions qui doivent arriver en 1769 & 1770.

18 millions en bénéfice sur la vente de ces deux expéditions, évalué à 70 pour cent.

6 millions à revenir de l'Isle de France, dont la majeure partie y est restée depuis plusieurs années, sans qu'on en ait pu obtenir un compte quelconque de votre Conseil ; plus de

7 millions à revenir de Bengale en 1771 & en 1772.

2 millions à peu près en réconstructions de Pondicheri.

_____

60 millions.

_____

Si dans cet état votre situation pouvoit au premier coup d'œil paroître plus brillante , au moins conviendroit-on qu'elle est moins sûre.

Votre passif de 1764 se montoit à 188 millions.

Votre passif de 1771 . . . . . . à 234 millions.

Et cette différence de 46 millions provient de ce qu'en

1764 vous aviez & le droit & les moyens d'affeoir fur votre feul contrat de rente la totalité de vos dettes paſſives, à l'exception d'environ 8 millions d'excédent, la feule charge qui exiſtât alors fur vos immeubles, votre caiſſe & votre commerce : au lieu qu'aujourd'hui, Meſſieurs, votre caiſſe & votre commerce font feuls refponfables de plus de 46 millions ; car vous avez vu que votre rente de 9 millions eſt confommée, & ne peut plus répondre de rien ; pour furcroît d'embarras, ces 46 millions confiſtent fans exception en des engagemens déjà pris, à échéance fixe, par votre caiſſier ; & pour leur acquit vos befoins font très-urgens. Vous voyez donc, Meſſieurs, que votre actif augmenté de 57 millions ne l'eſt qu'en *éventuel*, & que votre paſſif eſt augmenté de 46 millions de *réel*, & dont les engagemens font déjà confentis à jour fatal.

Cette différence, Meſſieurs, eſt fans doute propre à vous éclairer dans l'eſtimation que vous devez donner à ce réfultat d'onze millions ; mais fuſſent-ils réels & en caiſſe, ils ne feroient pas le produit de votre commerce proprement dit ; car nous avons à vous obferver que dans l'époque dont nous traitons, vous avez reçu :

En revenu libre du contrat, provenant de ce que les liquidations qui l'ont confommé, n'ont
été faites que fucceſſivement . . . 3,649,728 liv.

Droit du tonneau accordé par le
Roi, & indemnité fur les cafés . . . 7,758,394.

Droit fur les négres dont vous avez
joui, mais qu'on ne vous paye plus. . . 1,082,436.

12,490,558.

Il faut encore vous obferver que pendant cet efpace, votre réfultat actif de 42 millions en 1764 , employés dans votre commerce , ne vous a rapporté aucun intérêt , & que près de 120 millions de votre bien ont couru les hafards de la mer , fans vous avoir rapporté aucun bénéfice. Que feroit-ce , Meffieurs , fi en fuivant les erremens adoptés par vos députés en 1764 , nous avions porté ces intérêts & les primes de ces rifques en ligne de compte ? Nous le devrions fans doute , car c'eft votre commerce qui vous a privés de ces intérêts, c'eft votre commerce qui vous a expofés à ces rifques; mais on ne nous reprochera pas de chercher à groffir le tableau de vos pertes , nous aimons mieux vous féliciter de ce que pendant fix années confécutives les élémens ont fecondé vos projets , & que vous n'avez perdu qu'un feul vaiffeau.

Mais voici un calcul bien important , & que nous croyons décifif : nous vous demandons , Meffieurs , avec d'autant plus d'inftance votre attention à le fuivre , que perfonne ne pourra en contefter l'exactitude.

Vous exportez, année commune, en marchandifes , environ 6 millions , fur lefquels nous avons reconnu que vous gagnez 25 pour 100 ; cela fait un million & demi de bénéfice. . . . 1,500,000 liv.

Le fonds de votre retour va environ à 12 millions , qui , calculés à 70 pour 100 de bénéfice , font . . . . . 8,400,000.

Droit du tonneau, &c. environ. . . 1,100,000.

Total. . . . 11,000,000.

Nos recherches fur l'état de vos dépenfes de tout genre,

tant pour les armemens que pour les frais de régie de vos
établiſſemens en Europe & aux Indes , nous avoient conduit
à un réſultat de 8 , 000 , 000 , & au-delà ; mais comme
on nous a objeſté que dans le nombre il y en avoit qui
n'étoient pas abſolument propres au commerce , quoique
le commerce ſeul dût les ſupporter ; pour être d'accord avec vos adminiſtrateurs , nous
ne les arbitrerons qu'à . . . . . 7 , 000 , 000 liv.

Il vous faudroit pour continuer
votre commerce , ſans avoir recours à
tous les petits moyens qui minent &
diſcréditent la Compagnie , ſans autre
utilité que celle d'enrichir les agens
qui les lui fourniſſent , un emprunt de
30 millions , & aſſurément ſous quelque forme que vous le faſſiez dans les
circonſtances préſentes , il vous coû-
tera 8 pour $\frac{0}{0}$, ... ci 2 , 400 , 000.

Réconſtructions de Pondicheri , &c.
au moins . . . . 600 , 000.
_____
                                    10 , 000 , 000.

Vous voyez donc , Meſſieurs , qu'en ſuppoſant que vos
frais n'augmentent jamais au-delà de 7 millions , & que
votre bénéfice de retour reſte toojours à 70 pour $\frac{0}{0}$,
vous n'auriez encore qu'un bénéfice d'un million par an à
eſpérer , pour vous tenir lieu de tout intérêt des fonds que
vous avez déjà dans le commerce , & de tous les événemens imprévus.

Au reſte , nous croyons que vous ne devez pas compter
                                                    ſur

sur un bénéfice de 70 pour 100 sur vos retours à l'avenir, & nous allons vous faire part de nos recherches & des combinaisons qui nous ont inspiré ces craintes.

Nous avons d'abord examiné le tableau que nous ont fourni vos administrateurs, des prix d'achats & de ventes des marchandises qui ont composé vos cinq ventes de 1764, 65, 66, 67 & 68, d'où ils font résulter un bénéfice de 84 ¾ pour 100, année commune ; cette manière d'évaluer des bénéfices par année commune seroit très-juste, si les profits eussent été tantôt plus forts, tantôt plus foibles, & si l'on ne voyoit dans l'avenir aucune différence sensible d'avec le passé ; mais, Messieurs, vos profits relatifs ont décliné tous les ans, & lorsqu'après avoir constaté les effets de ce décroissement, vous en aurez connu & pesé les causes, vous jugerez qu'on ne doit pas s'attendre à voir cette partie se bonifier.

A la vente de 1764 il y eut, des prix d'achat dans l'Inde aux prix de vente en Europe,
un bénéfice de 117 pour 100, ci . . . 117 pour 100.

En 1765, ce bénéfice a été de
l'achat à la vente de . . . . 108.

En 1766 . . . . 95.

En 1767 . . . . 85.

En 1768 . . . . 66.

En cherchant les élémens de cette diminution progressive de vos profits, nous avons reconnu, d'après les factures d'achat, que les marchandises de Bengale, qui font l'objet le plus considérable de votre traite, y ont haussé sensiblement de prix ; & d'après les comptes de vente, que ces mêmes marchandises diminuent graduellement, mais plus

H

lentement en Europe. Ce changement vient principalement
de la révolution arrivée dans le Bengale, où les richesses
de la Compagnie Angloise & de ses Employés, qu'il faut
réaliser en Europe, ont occasionné une demande excessive
pour les manufactures du pays ; ce qui a produit en même
tems le double effet dont nous souffrons, celui d'augmenter le prix de l'Inde par l'augmentation de la demande, &
celui de diminuer le prix d'Europe par l'augmentation des
quantités. Il n'est pas possible de prévoir jusqu'où ces
effets nous conduiront ; mais tant que la même cause sub-
sistera, il en faudra de bien puissans pour la combattre ; & il
demeurera toujours certain que les Anglois, qui n'emploient
dans ce commerce que le seul produit de leur revenu territo-
rial, seront les maîtres de réduire vos bénéfices au point qu'ils
le voudront, soit en forçant les prix dans l'Inde, soit en
les diminuant en Europe ; & si ces prix diminuoient au
point de n'être plus qu'au pair avec ceux du Bengale, la
Compagnie Angloise s'enrichiroit encore, puisqu'elle réa-
liseroit en Europe ses revenus d'Asie ; & long-tems avant
cette période, le commerce du Bengale seroit perdu pour le
reste de l'Europe.

Nous croyons vous avoir démontré, Messieurs, que
votre commerce ne vous a pas été avantageux ; & ne vou-
lant pas nous livrer à ces spéculations chimériques, qui
supposent la meilleure exécution possible des meilleurs plans
possibles, sans rien en diminuer pour les probabilités con-
traires, nous n'osons vous flatter d'un avenir plus heureux
dans la continuation de votre commerce, & nous ne ba-
lançons pas à vous dire que si jamais vous avez dû être sur
vos gardes, pour n'être pas entraînés par des projets d'a-
mélioration si aisés à proposer, & si difficiles à exécuter,

c'est dans le moment actuel, où le plus clair de votre bien étant diffipé, vos créanciers participeront néceffairement à vos malheurs.

C'eft cette confidération, Meffieurs , qui nous oblige à vous rappeler que dans tout ce que nous avons eu l'honneur de vous expofer jufqu'ici , nous avons fixé vos regards fur un tems de paix & de tranquillité ; quel feroit votre état , fi la guerre venoit ? Quarante millions qu'elle vous trouveroit en mer feroient expofés à des rifques que vous couvririez à peine avec 50 pour 100 de prime ; voilà une perte certaine de 20 millions pour la Compagnie ; fans compter celle qu'elle pourroit faire dans fes établiffemens , fi l'ennemi s'en emparoit , ou que lui occafionneroient ces mêmes établiffemens à conferver fans commerce, pour en couvrir la dépenfe : alors la chûte de la Compagnie feroit inévitable , & les Actionnaires auroient la douleur de voir leurs créanciers leur contefter les 80 livres de rente , ou la honte de n'en jouir qu'à leurs dépens.

D'après ces réflexions , d'après l'examen le plus exact de vos dépenfes , de vos bénéfices , de votre fituation & de vos befoins , nous n'héfitons pas à vous propofer , Meffieurs , de difcontinuer votre commerce , pendant que le fort de vos créanciers & le vôtre eft encore affuré ; nous fentons combien ce parti pourra vous coûter à prendre ; & peut-être ne vous l'euffions-nous pas propofé , fi cette difcontinuation devoit entraîner la diffolution de la Compagnie , & fi nous ne voyons pas un moyen de pourvoir définitivement à vos befoins , de rendre votre affociation auffi honorable & plus lucrative pour vous , plus fure pour vos créanciers , & auffi utile à l'Etat qu'elle l'a jamais été.

A cet effet , on propofe de faire un appel de 600 liv.

par action, ce qui, pour 36921 actions $\frac{6}{8}$ fournira un capital de 22,153,050 l. Les Actionnaires feront feulement invités à fournir cet appel, & il leur fera accordé un mois, pendant lequel ils feront admis feuls & par préférence au paiement du premier terme.

Après ce délai chacun fera également admis à remplir cet appel dans les termes preferits, & alors les anciennes actions demeureront fimples actions rentiéres de 80 liv. au principal de 1600. liv.

Tous les fonds & propriétés de la Compagnie appartiendront à ceux qui auront fourni à l'appel, à la charge par eux d'acquitter toutes fes dettes & engagemens, aux termes auxquels ils ont été contractés.

Les fonds de l'appel feront d'abord employés à acquitter les dettes exigibles de la Compagnie, jufqu'au mois de Décembre, & fucceffivement à commencer les opérations qui font l'objet permanent de la nouvelle affociation.

Le Public, & fur-tout les Négocians, fe rappellent l'utilité de la caiffe d'efcompte établie à la Compagnie depuis 1727 jufqu'en 1759; quoique les fonds qui y étoient employés fuffent trop modiques, cette facilité donna un grand reffort à la circulation & au commerce; & l'on a remarqué que fur plus de 120 millions qui pafferent dans cette caiffe, tant qu'elle fut foumife à l'infpection de quelquesuns des Syndics & Directeurs de la Compagnie, il n'y eut de perte qu'une feule lettre de 4,000 liv.

On propofe aujourd'hui de donner toute l'étendue poffible à cet objet, en y employant les fonds de la nouvelle affociation; elle efcomptera à 4 pour 100 tous les effets à échéance fixe, & qui auront deux mois de cours, ou même plus , suivant les bornes que les Administrateurs croiront devoir se prescrire.

En suppofant les escomptes bornés à deux mois , la Compagnie pourra faire pour 5 à 600 mille livres d'opérations par jour ; il est aisé de sentir combien ce mouvement sera favorable au commerce & au crédit public.

Indépendamment des avantages résultans de l'escompte , les nouveaux Actionnaires en acquièrent de certains dans le moment même de leur contribution ; ils deviennent propriétaires 1°. de ce que la Compagnie aura à retirer du Roi , pour tous les bâtimens & effets dont il s'est mis en possession aux Isles de France & de Bourbon , pour ceux de l'Orient, pour les vaisseaux qui lui seront cédés, & pour arrérages de gratifications & indemnités ; on ne peut encore fixer précisément le montant de ces objets , mais il paroît probable qu'ils fourniront un contrat au moins égal au fonds des nouvelles actions. 2°. Du principal affecté aux rentes viagères , qui est en total de 60 millions , & que l'on peut regarder dès aujourd'hui comme un capital de 28 millions , en déduisant le principal des rentes viagères sur le pied du denier dix.

De cet exposé, il résulte que le dividende de la nouvelle action consisteroit 1°. dans le montant de la rente du nouveau contrat que le Roi feroit ; 2°. dans les extinctions des rentes viagères ; 3°. dans les profits de l'escompte.

Ce plan est plus détaillé dans le projet de délibération que nous allons vous proposer , après avoir répondu à la seule objection capitale , que dans le cas de discontinuation de commerce , nous ayons entendu élever contre ce projet ; on nous a dit que le sort des anciennes actions étoit trop défavorable , & celui des nouvelles trop avantageux ;

fur quoi nous vous prions, Meſſieurs, de faire une réflexion bien eſſentielle, c'eſt qu'il ne tiendra qu'aux Actionnaires, que les porteurs des anciennes actions foient
eux-mêmes les acquéreurs des nouvelles; ils auront fur cela
toute la préférence qui dérive de la nature de leur titre ;
d'ailleurs ce qui leur arriveroit aujourd'hui ne leur feroit
pas plus à charge que ce qui leur eſt arrivé, lors de l'appel
de 1764. Quand les actions qui ne fournirent point les
400 liv. furent réduites à $\frac{1}{8}$ d'action, il eſt évident que les
propriétaires perdirent $\frac{1}{8}$ de leur propriété ; fi fur huit actions, on en vend aujourd'hui trois pour faire l'appel des
cinq autres, on n'aura perdu de même que $\frac{1}{8}$ de fa propriété : cet arrangement ne fut pas trouvé à charge alors ;
pourquoi le feroit-il aujourd'hui que l'argent eſt aſſurément
à plus haut prix. D'ailleurs il ne faut pas fe diſſimuler que
les nouvelles actions fe chargent de toute la liquidation à
leurs riſques, périls & fortunes, & rendent à cet égard la
tranquillité, tant aux Actionnaires qu'aux Créanciers, les
nouveaux Actionnaires méritent de grands avantages, &
encore une fois nul étranger n'en pourra jouir qu'au défaut
& au refus des Actionnaires anciens.

PROJET
DE DELIBERATION.
ARTICLE PREMIER.

LES Actionnaires ayant reconnu par les différens états de
situation qui leur ont été représentés , & qui ont été véri-
fiés par leurs députés , que dans les circonstances actuelles
ils ne peuvent continuer le commerce de l'Inde , & y des-
tiner une somme suffisante pour leur procurer des bénéfices , & pour fournir à la consommation du Royaume ,
sans employer des moyens qui leur seroient onéreux , &
qui exposeroient aux risques inséparables du commerce les
fonds qui leur ont été assignés par l'Edit d'Août 1764
pour faire la sûreté du capital de leurs actions ; supplient
le Roi de leur permettre de suspendre l'exercice du privilège exclusif qu'il leur a confié , en laissant aux particuliers
la faculté d'exercer une branche de commerce aussi inté-
ressante , au moyen des permissions qui leur seront délivrées par les Administrateurs de la Compagnie ; les Actionnaires ayant lieu d'espérer par tout ce que M. le
Contrôleur Général a bien voulu leur dire de la part du
Roi , que Sa Majesté voudra bien laisser subsister , tant en
France que dans l'Inde , une forme d'administration
pour régir le commerce ; en sorte que si par le changement des circonstances ils croyoient pouvoir le re-
prendre , avec espérance de bénéfice pour l'Etat &
pour eux , ils pourroient espérer de la bonté de Sa Majesté qu'elle voudroit bien le leur confier de nouveau.

En conféquence , lefdits Actionnaires font à Sa Majefté
toute rétroceffion du Port de l'Orient , & de tous les établiffemens & comptoirs dont ils ont joui jufqu'à préfent
aux Ifles de France & de Bourbon , & dans les différentes
parties de l'Inde & des mers au-delà du Cap de Bonne-
Efpérance , lefquels cefferont d'être à leur charge ; favoir ,
le Port de l'Orient , dans un mois , à compter de l'enre-
giftrement des Lettres Patentes qui interviendront , &
pour tous les comptoirs au-delà du Cap de Bonne-Efpé-
rance , à compter du premier Octobre 1770 ; fe réfervant
néanmoins la propriété de l'hôtel de la Compagnie , fis
rue des Petits Champs & de fes dépendances , ainfi que les
bâtimens purement civils qui lui appartiennent , tant à
l'Orient qu'aux Ifles de France & de Bourbon , & dans
les différens comptoirs de l'Inde , dont la valeur fera rem-
bourfée par Sa Majefté dans le cas où elle les prendroit pour
fon ufage , ou qui feront vendus aux habitans de l'Orient ,
ou des comptoirs & Colonies.

I I.

Les Actionnaires ayant enfuite confidéré la néceffité de
pourvoir à l'acquittement de tous les engagemens qu'ils ont
contractés , & defirant continuer de mériter la protection
de Sa Majefté , en rendant leur affociation utile à l'Etat ,
& en employant à l'avantage du crédit public & de la circulation des fonds dont ils peuvent difpofer , & qui fe libé-
reront fucceffivement ; offrent de faire les fonds néceffaires à ces deux objets , dans la forme qui fera ci-après pref-
crite , & aux conditions qu'ils fupplient le Roi de vouloir
bien leur accorder.

III.

I I I.

Les Actionnaires feront un nouveau fonds de 600 liv. par action , en cinq paiemens , dont le premier fera de 50 liv. y compris le coupon qui échoira en Juillet , & fera pris pour comptant ; le fecond de 100 liv. & les trois autres de 150 liv. chaque ; defquels paiemens le premier fera fait par les Actionnaires feuls,& par préférence à tous autres , jufqu'au 31 Mai , & les autres de mois en mois fucceffivement. On recevra pareillement pour comptant tous les effets , billets , lettres de change dûs par la Compagnie , même les coupons de promeffes & autres , pourvu toutefois que lefdits effets & coupons foient payables dans le cours de la préfente année , & à la déduction de l'efcompte , à raifon de 4 pour 100 l'an , à ceux qui anticiperont les paiemens ci-deffus prefcrits.

I V.

Lefdits Actionnaires feront admis , comme il a été dit ci-deffus , par préférence à tous autres , à fournir ladite fomme de 600 liv. pour chaque action , jufqu'au 31 Mai; à l'effet de quoi il leur fera fourni des reconnoiffances des 50 liv. montant du premier paiement , lefquelles feront timbrées des mêmes numéros que les actions qu'elles repréfenteront ; il fera pareillement & fucceffivement délivré de femblables reconnoiffances pour les fecond, troifième & quatrième paiemens ; & lors du cinquième , il fera délivré des actions timbrées des mêmes numéros , & dans la forme qui fera annexée auxdites Lettres-Patentes.

I

V.

Après l'expiration du délai accordé aux Actionnaires, & faute par eux d'avoir fait le premier paiement dans ledit délai, les nouvelles actions feront délivrées à tous ceux qui voudront les acquérir, en payant làdite fomme de 600 liv. en quatre paiemens égaux de 150 liv. chacun, dans les quatre mois qui fuivront le premier délai.

V I.

Ceux qui, ayant fait le premier paiement, ne feroient pas les autres dans les termes prefcrits, ne feront plus admis à pouvoir remplir lefdits termes; & les fommes par eux payées leur feront rendues dans le mois de Janvier prochain, fans intérêt.

V I I.

Les anciennes actions de la Compagnie demeureront, conformément aux difpofitions de l'Edit d'Août 1764, propriétaires de 59,074, 800 l. dans le contrat de 180 millions dus par le Roi à raifon de 1600 l. de capital pour chaque action, produifant 80 liv. de rente, qui feront pareillement affectées fur les arrérages du contrat de 9 millions, fans pouvoir participer par la fuite à aucuns bénéfices, ni avoir aucuns accroiffemens ni propriétés dans les autres fonds de la Compagnie.

V I I I.

Sa Majefté confirmera aux nouveaux Actionnaires la propriété de la rente de 9 millions, au principal de

180 millions, & renoncera à toute retenue de dixième , & toutes autres impositions , tant sur ladite
rente de 9 millions que sur toutes les rentes perpétuelles & viagères , promesses de passer contrat , billets
d'emprunt , & autres rentes ou emprunts qui ont été faits
par la Compagnie, à l'exception des rentes viagères créées
en 1724 , sur lesquelles le dixième continuera d'être perçu
comme ci-devant.

I X.

Les nouveaux Actionnaires seront & demeureront
propriétaires , tant dudit principal de 180 millions , à la
déduction de 59 , 074 , 800 liv. montant du capital des
anciennes actions , que de tous les effets , vaisseaux , marchandises , bâtimens civils , vivres , bois , agrès , & gé-
néralement de tout ce qui appartient à la Compagnie ,
qu'ils pourront vendre , & dont ils pourront disposer
comme de choses à eux appartenantes , même des vaisseaux & marchandises étant actuellement en mer ou dans
l'Inde , aux Isles de France & de Bourbon , & dans tous
autres lieux , dont les retours leur appartiendront : comme
aussi toutes les dettes actives de ladite Compagnie , tant
sur le Roi que sur les correspondans & particuliers , dont
ils feront le recouvrement , à la charge par eux de continuer toutes les rentes perpétuelles ou viagères , lesquelles
demeureront hypothéquées sur le contrat de 180 millions ,
& d'acquitter toutes les dettes & engagemens de ladite
Compagnie , tant dans l'Europe que dans l'Inde , & en
tous autres lieux , & ce , aux mêmes époques auxquelles
elles doivent être acquittées.

X.

Pour rembourfer à la Compagnie toutes les fommes que le Roi pourra lui devoir , Sa Majefté voudra bien en paffer un contrat de conftitution à 4 pour 100 , qui fera affigné fur le produit des fermes , & dont les arrérages feront payés mois par mois , ainfi que l'ont été jufqu'ici , & continueront de l'être , ceux du contrat de 9 millions.

X I.

Les fonds qui auront été ainfi faits, tant par les nouveaux que par les anciens Actionnaires, & qui, à raifon de 600 liv. par chacune des 36 , 921 $\frac{5}{8}$ actions , monteront à 22 , 153 , 050 liv. feront employés par préférence au paiement des engagemens exigibles de la Compagnie ; ce qui reftera de ladite fomme , déduction faite des engagemens , & ce qui reftera , tant de la vente des effets de la Compagnie , que du produit des retours attendus de l'Inde à la fin de la préfente année , & dans les années 1770 & 1771 , enfemble du recouvrement de fes dettes actives , fera invariablement deftiné à l'objet détaillé dans les articles fuivans.

X I I.

La caiffe d'efcompte qui a fubfifté à la Compagnie des Indes jufqu'en 1758, ayant été d'un grand fecours pour le commerce , quoiqu'avec des fonds beaucoup trop modiques pour remplir fon objet , & les nouveaux Actionnaires fe trouvant à portée de donner à un commerce auffi utile toute l'étendue dont il est susceptible , en y employant la totalité de leurs fonds , Sa Majesté voudra bien les autoriser à escompter , comme avant 1758 , à raison de 4 pour 100 , & non au-dessus , tous effets commerçables , sans qu'ils puissent faire aucune autre sorte de commerce , directement ni indirectement , en Europe ou dans l'Inde , sous quelque prétexte que ce soit ; lequel escompte commencera au premier Août prochain , & plutôt , s'il est possible.

X I I I.

Les Administrateurs de la Compagnie sous cette nouvelle forme , prêteront serment en la Grand'Chambre du Parlement , de bien & fidèlement gérer les affaires , & administrer les fonds desdits Actionnaires , & nommément de se conformer au contenu de l'article suivant.

X I V.

Les Administrateurs ne pourront en aucun cas , & sous quelque prétexte que ce soit , employer les fonds , soit en argent ou en papier , ou effets qui seront à leur disposition , à d'autres objets qu'aux opérations d'escompte , & ne pourront les convertir qu'en effets négociables , à peine d'en répondre en leur propre & privé nom : ils ne pourront en aucun cas être gênés sur le choix des effets qui leur seront présentés ; & dans le cas où ils recevroient des ordres particuliers concernant la disposition de leurs fonds , ils seront tenus de déposer sur le champ lesdits ordres entre les mains de M. le Procureur Général , pour , sur le compte qui en sera par lui rendu en la Grand'Chambre , y être statué , ainsi qu'il appartiendra ; & faute par

les Directeurs de s'être fait autorifer par la Grand'Chambre à l'exécution defdits ordres , ils en demeureront refponfables en leur propre & privé nom.

X V

Les Adminiftrateurs tiendront des regiftres fur lefquels
ils porteront jour par jour les réfultats de leurs opérations
d'efcompte , & ces regiftres pourront être repréfentés aux
Actionnaires dans les affemblées générales ; mais ils ne
pourront en aucun cas communiquer , foit aux affemblées
générales , foit aux Actionnaires en particulier , les regiftres fur lefquels feront portés en détail les noms des ti-
reurs , endoffeurs & accepteurs de lettres de change ou
autres effets , lefquels regiftres demeureront fecrets , à
moins que la repréfentation n'en foit ordonnée en juftice ,
& à l'exception auffi du tableau des pertes, qui fera expofé
à chaque affemblée générale dans le plus grand détail.

X V I.

Ladite caiffe fera fermée pendant les quatre premiers
jours de Janvier & Juillet de chaque année , pour clore les
livres , arrêter le bilan , & former le réfultat des profits
& pertes, lequel fera préfenté à l'affemblée générale des
Actionnaires , qui à cet effet fera convoquée tous les ans ,
dans les mois de Janvier & Juillet.

X V I I.

Le montant du dividende des nouvelles actions fera
fixé tous les fix mois par l'affemblée générale des Actionnaires , & confiftera. :

1°. Dans le produit du nouveau contrat qui fera fait par le Roi.

2°. Dans l'extinction des rentes viagères.

3°. Dans la portion que les Actionnaires jugeront à propos de fe partager fur les bénéfices faits par l'efcompte.

Depuis la lecture de ce Mémoire , on a cherché à foulever les Actionnaires contre ce projet , afin de leur infpirer de la confiance dans leur fituation actuelle. On leur a dit que ce plan étoit ufurpateur & dévorant , afin de leur perfuader qu'ils avoient des tréfors à conferver , & leur liberté à défendre , & de les empêcher de voir qu'ils fuccomboient fous le poids des vices de leurs conftitutions , & celui des malheurs de la guerre.

La plupart des Actionnaires réfolurent de faire l'emprunt provifoire , devenu indifpenfable pour éviter la banqueroute ; & quand le Public faura que la pluralité des voix fe réunît à rejeter comme une extravagance la propofition de former cet emprunt , par une foufcription particulière , à 5 pour °⁄° , & voulut enfin que cet emprunt d'onze millions , qui ne pouvoit être hypothéqué que fur le retour de la vente prochaine , coûtât près de 10 pour °⁄° à la Compagnie , il ne lui reftera plus à comprendre que les étranges motifs de cette étrange conduite , & il jugera que la pureté de ces motifs eft comparable à la réalité des 11 millions que la Compagnie a gagnés depuis 1764.

Mais le Public fera moins furpris , quand il faura que dans le nombre de trois cens ou quatre cens perfonnes qui donnent leurs voix dans les affemblées de la Compagnie , les trois quarts ne font peut-être pas actionnaires ; & que dans le nombre de ceux qui le font, la plupart ont l'intérêt le plus foible au fort des Actionnaires, & l'intérêt le plus confidérable à faire des affaires particulières avec la Compagnie, & par conféquent à fon exiftence quelconque.

Nous n'entrerons point ici dans un détail que nous croyons fuperflu ; ne dût-il pas l'être un jour. Nous nous renfermerons à difcuter les intérêts des Actionnaires, & à découvrir quelle eft la nature de la Compagnie des Indes.

Nous commencerons par donner un précis de fa fituation ; enfuite nous donnerons un tableau de toutes fes dépenfes, & des productions de fon commerce.

Les Etats de fituation font annexés ci-après.

ETATS

ETATS DE SITUATION

DE LA COMPAGNIE

DES INDES,

RÉUNIS POUR LA COMMODITÉ

DES ACTIONNAIRES.

PRÉCIS DE LA SITUATION DE LA COMPAGNIE DES INDES, *aux Epoques ci-après indiquées, conformément à l'examen des affaires de la Compagnie des Indes fait par M.* JAUME.

S ç A V O I R,

1 7 6 9.		Manque.	Refte.
La recette eft de . 36, 852, 304 l.			
La dépenfe eft de 36, 852, 304 l.			
Partant 0		0	0

1 7 7 0.			
La dépenfe eft de . 22, 151, 379 l.		0	
Et la recette de . . 9, 000, 000 l.			
Partant manque 13, 151, 379 l. ci 13, 151, 379 l.			0

1 7 7 1.			
La recette eft de . 22, 620, 000 l.			
Et la dépenfe de . 14, 304, 841 l.			
Partant refte. . 8, 315, 159 l.			8, 315, 159 l.

1772. & années fuivantes jufqu'à
l'extinction totale des rentes
viagères.

La recette fera de . 97, 130, 854 l.			
Et la dépenfe . 14, 163, 780 l.			
Partant reftera . 82, 967, 074 l. ci			82, 967, 074 l.
		13, 151, 379 l.	91, 382, 233 l.

B A L A N C E.

		Manque.	Refte.
Refte			91, 382, 233 l.
Manque		13, 151, 379 l.	

Après l'extinction des rentes viagères,
la Compagnie aura . . . . 78, 230, 854 l.

a

2

RELEVÉ DE L'EXAMEN FAIT PAR M. JAUME,
de la situation de la Compagnie des Indes.

RECETTE.

1769 .. Le produit de la vente de 1769, & les marchandises
de la derniere vente restées à l'Orient . . . 36,852,304 l.

1770 .. La recette sur laquelle on doit compter pour cette
année, monte à . . . . 9,000,000.

1771 .. La vente de 1770 évaluée à . . . . 22,620,000.

68,472,304.

AUTRES ARTICLES DE RECETTE.

Le restant de la vente de 1769. . . . . 1,000,000.
Marchandises commises pour 1770. . . . . . 1,200,000.
31 Vaisseaux évalués à . . . . 6,309,816.
Petits bâtimens à l'usage du Port . . . . . 702,342.
Les autres effets de l'Orient. . . . . . . 4,000,000.
Dettes du Roi à la Compagnie, liquidées à . . . 3,000,000.
Effets que la Compagnie a remis aux Isles pour le
service du Roi . . . . 4,000,000.

Droit du tonneau . { de 1768 ... 800,000 l. / de 1769 ... 700,000 / de 1770 ... 350,000 } ... 1,850,000.

Les papiers du Canada . . . . 248,596.
Les créances sur les Isles de France & de Bourbon,
la Martinique & Saint-Domingue . . . . . 3,020,100.
Retours des envois faits à l'Isle de France . . . . 6,000,000.
Retours des fonds restant aux Indes . . . . . 6,000,000.
Hôtel de Paris . . . . 800,000.
Portion du contrat, qui sera libre pour le capital
seulement en 1773, par évaluation 27,000,000,
La portion du contrat hypothéquée pour 3,200,000 l.
de rentes viageres au denier 10 . . . . . 32,000,000.

165,603,158 l.

3

RELEVÉ DE L'EXAMEN FAIT PAR M. JAUME,
de la situation de la Compagnie des Indes.

DEPENSE.

1769 ...
{
Les engagemens du Caiffier . . . 12,074,109 l.
Autres engagemens 22,793,772
Frais de la Lotterie, & autres diver-
ses dépenses . . . . . 1,984,423.
} 36,852,304 l.

1770 ...
{
Les engagemens du Caiffier . . 3,061,014.
Autres engagemens du Caiffier,
payables à Londres . . . . 5,520,000.
Le montant des cafés de 1769 . 560,000.
Autres articles à payer indifpenfa-
blement . . . . . . 10,000,000.
Articles qui peuvent être retardés 3,010,365.
} 22,151,379.

1771 ...
{
Les engagemens du Caiffier . . 3,694,841.
Autres engagemens du Caiffier,
payables à Londres . . . . 9,000,000.
Payement des cafés de 1770 . . 560,000.
Dernier tiers des gratifications des
cafés . . . . 500,000.
Port permis de 1770 . . . . 700,000.
Dépenfes de Paris, de l'Orient, & autres. 250,000.
} 14,304,841.

73,308,524.

1772 ...
{
Les engagemens du Caiffier de 1772. 4,704,000.
Les dépenfes de Paris & de l'Orient 250,000.
} 4,954,000.

AUTRES DÉPENSES.

{
Traites de Chine pour folde de l'ex-
pédition de 1770 . . . . . 769,350.
Refte des fucceffions verfées avant
1764 . . . . 631,943.
Anciens débets à Paris . . . . 1,000,000.
Nouveaux débets à Paris . . . 1,500,000.
La créance de M. Dupleix, évaluée à 2,500,000.
La demande des Anglois. . . . 2,500,000.
La dépenfe de régie & de liquidation. 308,487,
} 9,209,780.

87,472,304

4

ETAT DE SITUATION DE LA COMPAGNIE DES INDES.

RENTES.		CAPITAUX.

ACTIF.

9,000,000 liv.   Le Contrat fur le Roi de 180 millions, ci . . . . 180,000,000 liv.
Sur quoi il faut déduire les capitaux & les rentes perpétuelles & viagères
dont ce contrat est grévé.

SÇAVOIR,

Rentes perpétuelles.   Capitaux

258,625 l.	Pour 10345 Billets d'emprunts de 500 liv.	5,172,300 l.
900,000	Pour promesse de passer contrat au den. 20, créées en 1751.	18,000,000
600,000	Pour promesse de passer contrat au den. 20, créées en 1755.	12,000,000
964,985	De rentes au denier 25, créées en 1764	24,124,646
2,953,740	De rentes pour 36,921 Actions	59,074,800
5,677,359.		118,371,946

Rentes viageres.   Capitaux.

1,146,368 l.	Créées en 1714	11,463,680 l.
909,361	. . en 1748	9,093,610
470,668	. . en 1765	4,706,680
419,102	De l'emprunt viager de 1765	4,191,020
57,400	A M. de Buffy & autres	574,000
72,000	Pensions créées par le Roi	720,000
3,074,899		30,748,990

SOMMAIRE.

8,752,249. {	5,677,359 l.	De rentes perpétuelles . . . . 118,371,946 l. }	149,120,936 l.
	3,074,899	De rentes viagères. . . . . 30,748,990 }	

247,751.	. . . . Restant libre sur le Contrat de 180 millions	30,879,064.

Division du capital restant libre sur le Contrat.

Partie du Contrat qui est libre pour la rente & pour le capital   4,955,020

Partie du Contrat qui est libre pour le capital seulement, la rente étant
hypothéquée pour le payement des rentes viagères.   25,924,044

Somme pareille . . . .   30,879,064.

5

ETAT DE SITUATION DE LA COMPAGNIE DES INDES,
à compter du 1 Avril 1769, jusqu'au 31 Déc. 1772.

RENTES.	A C T I F.	CAPITAUX.
247,751 liv.	Restant libre sur le Contrat de 180 millions	30,879,064 liv.
Meubles.	30 Vaisseaux, Frégates & Senauts . . . . , 4,010,854l.	
	Pontons, Pataches, &c. à l'Orient 703,198	
	Effets de Marine, d'Artillerie, &c, à l'Orient 3,212,775	
	Noirs aux Isles de France & de Bourbon 1,349,000	
	Divers effets auxdites Isles 284,701	
	Divers effets dans les Comptoirs de l'Inde 596,120	17,900,587.
&	L'Hôtel de Paris 1,000,000	
	Édifices de l'Orient 6,701,539	
Immeubles.	Édifices aux Isles de France & de Bourbon 42,400	
	Édifices dans les Comptoirs de l'Inde . . . . . Pour mémoire.	
Fons circulans dans le Commerce.	En caisse ou à recouvrer jusqu'au 31 Décembre 1769 10,716,574	
	Effets du Canada 248,596	
	Effets de la derniere vente 256,000	
	Marchandises d'Europe 1,609,771	71,151,730.
	Fonds au Bengale 7,376,000	
	Fonds à Pondichéri 425,140	
	Produits à espérer des ventes de 1769 & 1770 45,240,000	
	Retours à espérer de l'Isle de France 5,279,649	
Dettes actives concernant le Commerce.	Sommes dues par divers aux Isles de France & de Bourbon, à Saint Domingue & à la Martinique 3,020,100	
	Sommes dues par le Roi liquidées & non liquidées.	
	Articles liquidés avant le premier Mars 1769 3,060,295	
	Pour fournitures aux Isles de France & de Bourbon 976,551	
	Droits de tonneau de 1768; droits pour les Noirs; indemnités des Cafés, & excédent des pensions 960,406	16,962,112.
	Droits de tonneau de 1769; indemnité des Cafés & excédent des Pensions 840,406	
	Droits de tonneau de 1770 479,206	
	Meubles & immeubles cédés au Roi dans les Isles 7,625,348	

TOTAL de l'Actif en Capital . . . . 136,893,493.

En Rentes . . 247,751.

b

6

ETAT DE SITUATION DE LA COMPAGNIE DES INDES, à compter du 1. Avril 1769, jusqu'au 31 Déc. 1772.

PASSIF.

Dettes contractées avant 1764.

Dettes liquidées dans l'Inde, payables en Contrats à 4 p. % . 1,429,951 l.

Dettes à liquider dans l'Inde, payables en Contrats où en
Marchandises . . . . 3,225,308 l. ⎱ 5,625,308
Dettes à liquider en France . . . . . 2,400,000 ⎰

Dettes à liquider à l'Isle de France, payables en Contrats.. 1,461,373

Dettes à liquider à l'Isle de Bourbon, payables en Contrats. 1,877,100

Restant des successions versées avant le 1 Juillet 1764 . . 631,943

Il reste dû à l'ancienne Compagnie en Contrats à 4 p. % . . 433,000

Debets anciens 1,000,000

Les créances des Héritiers Dupleix & autres. Pour mémoire.

12,458,677

Dettes contractées depuis 1764

Debets nouveaux . . . . 1,500,000 l.

A payer du 1 Avril au 31 Décembre 1769. 32,636,985

A payer en 1770. . . . . 15,092,034 ⎰ 69,677,860

A payer en 1771 15,504,841

A payer en 1772 4,944,000

Total du passif . . . . 82,136,537.

7

RÉSULTAT DE LA SITUATION DE LA COMPAGNIE DES INDES, à compter du 1 Avril 1769, jusqu'au 31 Déc. 1772.

L'actif monte à . . . . 136,893,493 l.
Et le paffif à 82,136,537

     L'actif excéde le paffif de . . . 54,756,956

Les fonds de l'actif qui font préfumés difponibles, confiftent,

S ç a v o i r ,

En la partie du Contrat qui n'eft grévé ni pour le capital,
   ni pour les intérêts 4,955,020
Les fonds circulans dans le commerce 71,151,730
Et les dettes actives du même commerce 16,962,112

     Total . . . 93,068,862
Sur quoi déduifant le montant du paffif qui fera
   exigible en totalité 82,136,537

     Il reftera 10,932,325

La fomme de 54,756,956 liv. qui, d'après la comparaifon de l'actif
  & du paffif doit refter à la Compagnie des Indes au 31 Décembre
  1772, fera formée, Sçavoir ;
De la partie du Contrat dont la rente eft grévée pour
  le payement des rentes viageres, & qui n'eft libre
  que pour le capital 25,924,044
Du montant des meubles & immeubles 17,900,587
Et du réfidu des fonds de l'actif qui font préfumés
  difponibles. 10,932,325

     Sommes pareilles . . . 54,756,956

Capital reftant libre dans le contrat
  4,955,020 liv.
25,924,044

30,879,064.

RÉCAPITULATION

DES DÉPENSES GÉNÉRALES.

Paris	276,000 liv.
L'Orient	4,110,000
Pondicheri	1,520,000
Karikal.	20,200
Mahé	61,000
Mazulipatan & Yanaou	12,400
Bengale & dépendances	545,000
Iſle de France	455,000
Iſle de Bourbon	135,000
Baſſora	15,000
Chine	300,000
	7,449,600
Dépenſes imprévues	55,400
	8,000,000

9

POUR UNE EXPÉDITION DE DOUZE VAISSEAUX.

MARCHANDISES ET FONDS A ENVOYER.

SÇAVOIR;

En Marchandifes . . . . 6,500,000 l.

En Efpèces . . { Pour le Commerce 9,175,000 l. } . . 11,925,000
{ Pour la partie des dépenfes générales à payer dans l'Inde fuivant l'Etat n° 12. 2,750,000 }

                                                    18,425,000

A quoi ajoutant le bénéfice de 25 pour ⁰⁄₀
fur les 6,500,000 l. de marchandifes 1,625,000

                                                    20,050,000

EMPLOI DE CETTE SOMME.

Trois cargaifons de Chine d'un million chacune. . . 3,000,000
Quatre . . . . de Pondicheri de 1,200,000 l. . . 4,800,000
Trois . . . . de Bengale de . . . 2,000,000 . . . 6,000,000
Deux . . . des Ifles de France & de Bourbon à 350,000 700,000

                                                    14,500,000

Pour le payement des { dans l'Inde 2,750,000
dépenfes générales { aux Ifles 590,000

Retours en lettres de changes, des Ifles de France
& de Bourbon, déduction faite du montant de deux
cargaifons de café, & des dépenfes générales de ces Ifles 2,210,000

                                                    20,050,000

c

10

POUR CONNOITRE SUR QUELLE SOMME

doit porter l'affurance pour l'Expédition projetée.

ENVOIS {
En Marchandifes . . . . 6,500,000 l.

En Espéces {
Pour le Commerce 9,175,000
Et pour les dépenfes
générales à payer
dans l'Inde , fuiv.
l'Etat n° 12 2,750,000
} . 11,925,000
}

Armement de douze Vaiffeaux 2,400,000

Coque . . . de douze Vaiffeaux 1,200,000

22,025,000.

Il convient de ne compter l'affurance que fur 20 millions , à caufe du rifque de 10 pour cent que l'Affuré doit courir, conformément à l'Ordonnance.

La Compagnie aura de plus à courir le rifque de 5 millions au retour.

c ij

FONDS NECESSAIRES POUR L'EXPEDITION

PROJETÉE.

SÇAVOIR;

Avant l'expédition.
- Pour achat de marchandifes. . . . . 6,500,000 l.
- { Pour le commerce 9,175,000
- { Et pour le payement des dépenfes générales dans l'Inde fuivant l'Etat n° 12 2,750,000

18,425,000

- Frais de l'armement 2,400,000

20,825,000

Dans le cours de l'expédition.
- Conftruction & radoub . . . . 400,000 l.
- Dépenfes de Paris 276,000
- de l'Orient 350,000
- Dépenfes imprévues 274,000

1,300,000

22,125,000

Après l'expédition.
- Défarmement 960,000
- Frais de la vente & droits à payer aux Fermiers Généraux . . . 600,000

1,560,000

23,685,000

12

DÉPENSES GÉNÉRALES A PAYER DANS L'INDE

POUR UNE ANNÉE.

SÇAVOIR;

A Pondichéri . . . . 1,520,000ℓ.

Karikal 20,200

Mahé 61,000

Mazulipatan & Yanaou 12,400

Bengale & dépendances 545,000

Baſſora 15,000

Chine. 300,000

2,473,600

Dépenſes imprévues . . . 276,400

2,750,000

ÉTAT DES CARGAISONS QUI FORMERONT
LES RETOURS DE L'EXPÉDITION PROJETÉE,
ET DE LEUR BÉNÉFICE A 70 POUR CENT.

Trois Cargaiſons de Chine à un million chacune . . 3,000,000 l.

Quatre de Pondichéri à 1,200,000 liv. 4,800,000

Trois de Bengale à 2,000,000 liv. 6,000,000

Deux des Iſles de France & de Bourbon à 350,000 liv. 700,000

14,500,000

Bénéfice de cette ſomme à 70 pour cent. . . . 10,150,000

24,650,000

d

ÉTAT DES CARGAISONS QUI FORMERONT

LES RETOURS DE L'EXPÉDITION PROJETÉE,

ET DE LEUR BÉNÉFICE A 75 POUR CENT.

Trois Cargaifons de Chine à un million chacune. . . 3,000,000 l.

Quatre de Pondichéri à 1,200,000 liv. 4,800,000

Trois de Bengale à 2,000,000 liv. 6,000,000

Deux des Ifles de France & de Bourbon à 350,000 liv. . 700,000

14,500,000

Bénéfice de cette fomme à 75 pour cent 10,875,000

25,375,000

Le bénéfice est calculé dans ce Plan à 70 pour cent.

PLAN ET BALANCE D'UNE

D o i t.

Dépenses générales , suivant l'Etat n° 8.	8,000,000l.
Marchandises à exporter suivant l'Etat n° 9. . .	6,500,000
Espèces à exporter suivant l'Etat n° 9. . . . . ,	9,175,000
Assurance de 20 millions à 6 pour cent suivant l'Etat n° 10	1,200,000
Intérêts de 22 millions de fonds qui seront employés d'avance pour cette expédition à 6 pour cent par an, & pendant deux ans.	2,640,000
Achat de deux millions de Café	700,000
Frais de la vente & droits à payer aux Fermiers Généraux.	600,000
	28,815,000
Solde	385,000
	29,200.000

TABLEAU DES DOUZE CARGAISONS
de l'Expédition projetée.

FONDS POUR LE COMMERCE.

	En marchan- difes.	En efpèces.	Bénéfice de 25 pr. ¢ fur les marchandifes.	Total.
	liv.	liv.	liv.	liv.
La Chine.	500,000	2,375,000.	125,000.	3,000,000.
Pondicheri & Baffora.	1,800,000	2,550,000.	450,000.	4,800,000.
Bengale.	1,400,000	4,250,000.	350,000.	6,000,000.
Les Ifles.	2,800,000		700,000.	3,500,000.
	6,500,000	9,175,000.	1,625,000.	17,300,000.

A déduire pour ce qui reftera à l'Ifle
de France; déduction faite de 700,000 l.
montant de l'achat de deux millions
de café, la somme de . . . . 2,800,000.

Partant les fonds des cargaifons
de retour monteront à. . . . . 14,500,000.

PLAN ET BALANCE D'UNE

Le bénéfice est calculé dans ce Plan à 75 pour cent.

D o i t.

Dépenses générales, suivant l'Etat n° 8. . . . . 8,000,000 l.

Marchandises à exporter, suivant l'Etat n° 9. . . . 6,500,000

Espéces à exporter . . . . . *idem* 9,175,000

Assurance de 20 millions à 6 pour cent, suivant

l'Etat n° 10 1,200,000

Intérêts de 22 millions de fonds, qui seront employés

d'avance pour cette expédition, à 6 pour cent par an,

& pendant deux ans. 2,640,000

Achat de deux millions de Café. 700,000

Frais de la vente & droits à payer aux Fermiers

Généraux. 600,000

28,815,000

Solde 1,110,000

29,925,000

EXPEDITION DE DOUZE VAISSEAUX.

AVOIR.

Produit de douze cargaifons, y compris le bénéfice
de 25 pour cent, fur 3,700,000 liv. de marchandifes exportées 24,650,000

Retours de l'Ifle de France, y compris le bénéfice
de 25 pour cent, fur 2,800,000 l. de marchandifes

. . . . 3,500,000

28,150,000

Droit du tonneau . 1,000,000 l.⎫
Indemnité fur le Café   50,000 ⎬ 1,050,000
                                ⎭

29,200,000

c

heur, fi c'en eſt un pour l'Etat, eſt irréparable pour les Actionnaires, ſoit que les Anglois conſervent les forces qui ont détruit les nôtres, ſoit qu'ils ſuccombent ſous le nombre des Indiens, qui s'indigneront à la fin de porter le joug de l'Europe, & qui apprendront à le rompre. Mais je dirai encore plus : l'idée de conquête qui nous fait porter la guerre dans ces climats, ne tend qu'à augmenter notre commerce. On a vu dans le Diſcours Préliminaire, que ſi l'avantage de ce commerce peut être réel pour le négo-ciant, il ne produit pour la nation que l'effet de faire paſſer par les mains du négociant les richeſſes nationales, tandis que la nation, & peut-être le négociant lui-même, croient que ces richeſſes ſont une conquête, un nouvel accroiſſement. *Acheter eſt vendre, & vendre eſt acheter* : voilà l'axiome qui embraſſe tout commerce natio-nal. M. Dupleix n'a ceſſé de répéter à la Compagnie que ſon bénéfice ne ſeroit jamais auſſi avantageux qu'il pourroit l'être, ſi elle n'acquéroit pas en propriété les Provinces d'où elle tireroit alors les marchandiſes au meil-leur prix poſſible. On ne peut conteſter que ce ne ſoit là le plus grand avantage qu'une Compagnie puiſſe ſe promet-tre : ſa puiſſance devient immenſe ; c'eſt une république ſouveraine & guerrière qui s'élève ; les Actionnaires peuvent s'enrichir, mais il faudroit que la nation fut éblouie de cette vaine gloire, pour ne pas ſentir qu'elle eſt plus fu-neſte pour elle, que brillante en elle-même ; car il réſulte, à ce que je crois, de mon diſcours ſur le commerce :

1°. Que le prix des marchandiſes des Indes accroîtroit en Europe par la concurrence de deux Compagnies ex-cluſives établies dans les Indes ; tel que fût ce prix, il ſe trouveroit toujours au pair ; & peut-être qu'en acquérant

EXPEDITION DE DOUZE VAISSEAUX.

Avoir.

Produit de douze cargaifons, y compris le bénéfice

de 25 pour cent, fur 3,700,000 l. de marchan-

difes exportées 25,375,000

Retours de l'Ifle de France , y compris le bénéfice

de 25 pour cent fur 2,800,000 l. de marchan-

difes 3,500,000

28,875,000

Droit du tonneau . . . . }

. , ... 1,050,000

Indemnité fur le Café . . }

29,925,000

£

que le vain honneur du pavillon de la Compagnie Fran-
çoife, & la cupidité réelle de fes employés & de fes pré-
pofés, conferveront pour l'honneur de la Nation Fran-
çoife tous les avantages exclufifs de la Compagnie des Indes Angloife fur le monde entier.

Mais fuppofons le commerce libre, il arrivera tous les
effets que redoutent les Anglois, & qu'ils ont tâché de
reculer, autant qu'ils ont pû, en nous confervant tous
nos petits établiffemens. L'intérêt de chaque particulier
l'emportera fur leur intérêt commun ; les Anglois qui
pourront fe dégager des loix exclufives, avantageufes dans
la fituation actuelle, feront, dans l'hypothèfe de la liberté
du commerce en France, un bénéfice immenfe, puifqu'il
leur fera procuré par la dépenfe totale dont ils ne fuppor-
teront chacun en particulier qu'une très-foible portion.

Les Anglois confpireront à faire la contrebande, & à
diminuer les profits qu'ils feroient comme Actionnaires,
pour accroître infiniment celui qu'ils feront comme commerçans avec nos Négocians.

Si la Compagnie d'Angleterre ceffoit d'être exclufive
& puiffante, nous perdrions les fruits de leurs établiffemens.
Il feroit difficile de juger alors de la maniere dont on pourroit faire le commerce dans les Indes. Qui peut prévoir les
événemens ? Qui pouvoit deviner en voyant Gengiskan
ou Tamerlan au berceau, qu'ils ébranleroient un jour toute
l'Afie ? Mais il faut partir de la pofition actuelle de l'Angleterre vis-à-vis l'Europe ; l'Angleterre à des dettes énormes à liquider, elle a par conféquent le plus grand intérêt à réalifer les tributs auxquels elle a foumis les Indes,
c'eft l'Europe feule qui peut y porter l'argent que l'Angleterre en retire ; c'eft donc la nation qui a le plus grand

Il nous eſt impoſſible de croire que les Aĉionnaires n'enviſagent pas leur état, comme abſolument déterminé par ces calculs. Leurs regrets ſeroient auſſi vains que leurs eſpérances ſeroient illuſoires; la plus réelle de toutes, la ſeule qu'on cherchera à faire renaître encore, eſt déjà anéantie (*l'augmentation du bénéfice de leur vente*). On a vu évanouir l'illuſion qui réſultoit de la maſſe totale des ventes depuis 1764, & nous ſommes d'autant plus étonnés d'entendre l'adminiſtration faire de nouveaux efforts pour ranimer l'eſpérance des bénéfices ſur les ventes futures, que nous croyons être ſûrs que M. Law, & ſes correſ-pondans dans les Indes, lui ont annoncé qu'elles devoient encore baiſſer. *

Si dans le cours d'un demi ſiécle rempli d'avantages, de revers & de ſuccès, la Compagnie a perdu environ 200 millions, ſans que les Aĉionnaires ayent jamais vu accroître leur dividende, même dans le cours de leurs proſpérités ; qui peut donc rallumer aujourd'hui l'eſpoir éteint par l'ex-périence des tems paſſés, & par les malheurs des circonſtan-ces qui ont changé déſormais d'une façon irrévocable ?

La Compagnie s'établit dans l'Inde, lorſque ſes habi-tans devoient diminuer par leur honte la gloire de leurs an-ciens conquérans, qui paroiſſoit fabuleuſe. Les François ne trouvèrent bientôt d'ennemis dans les Indes que des Européens. Les Anglois & les François ſe partageoient des conquêtes qu'ils devoient perdre un jour, & les Anglois ont enfin démoli une Ville immenſe que nous avions fondée à cinq mille lieues de notre continent. Ce mal-

---

* Ces lettres dont j'avois ouï parler à la Compagnie des Indes ont été communiquées à M. l'Abbé Morellet, & ſont imprimées dans ſon Mémoire.

tique, fi chérie de ceux qui croyent la poffeder, fi enviée de ceux qui penfent qu'elle peut leur nuire, fi précieufe à ceux qui font dans l'adminiftration, ou qui veulent y entrer, eft précifément le feul moyen de faire participer les étrangers à notre commerce ; mais pour comble de malheur, l'adminiftration ne peut pas même fuppofer dans fa conduite, le motif fupérieur & politique de ruiner les étrangers, car en les ruinant elle ruine auffi les Français.

Qu'eft-ce donc que la Compagnie des Indes ? Pour les étrangers c'eft le moyen de placer leur argent & d'acquérir une rente de 80 liv. qui a fubi les pertes qu'ont fupportées les anciens Actionnaires. Pour les Français & les anciens Actionnaires, une Société de gens mife en direction.

Le privilège exclufif réfide dans l'adminiftration : il peut s'exercer contre tous les Actionnaires en général, & devenir auffi utile pour la Compagnie d'Angleterre, qu'il peut être fatal à la France.

Je réferve tout ce qui me refteroit à dire fur la Compagnie des Indes, pour répondre aux principes qu'établira fon adminiftration ; elle prouvera fans doute mieux fon utilité que le bénéfice de la Compagnie. Le feul cas particulier qu'on dût examiner à fond dans cet ouvrage étoit l'état de la Compagnie, d'où dépend fon exiftence. Toutes les queftions qu'on peut faire enfuite fur elle, font relatives & foumifes à quelques vérités générales, & à quelques circonftances qui peuvent dépendre du gouvernement. Je n'ai pas dû prévoir ces queftions particulieres, mais j'ai cru utile de mettre dans un Difcours fur le Commerce les principes par lefquels on peut réfoudre les queftions générales, ou expofer les principes qu'auroient à combattre ceux qui fe détermineront, par des idées qui leur font prodes jouissances superflues , nous en perdrions d'utiles pour la nation.

2°. Que la nation qui auroit des possessions , jouiroit d'avantages immenses sur la Compagnie qui n'auroit que des comptoirs.

3°. Qu'une partie de ces avantages dépendront de la nécessité où seroit la Compagnie qui n'ayant pas de possessions , ni de fonds assez considérables pour contracter dans le pays , seroit obligée de traiter avec la première , comme celle-ci contracte avec les naturels du pays.

4°. Que si le commerce des Indes étoit libre pour toutes les nations , il seroit le plus désavantageux pour l'Europe.

5°. Que les François ont un plus grand intérêt à conserver la puissance des Anglois dans les Indes , qu'à posséder eux-mêmes les établissemens dont ils sont si jaloux ; parce que ceux qui pourroient puiser dans les trésors de la Compagnie , soit en construisant ses forts ou ses flottes , soit en commandant ses armées ou ses places , crient sans cesse à la nation que tout est perdu,quand ils perdent l'occasion de s'enrichir.

Tous les avantages que les Anglois ont sur nous disparoîtroient & se tourneroient de notre côté , dès que notre commerce seroit libre. Les Anglois l'ont si bien senti qu'après avoir détruit la concurrence également ruineuse pour les uns & pour les autres , ils ont respecté les vestiges qui servent à maintenir en France , dans la Compagnie des Indes , le commerce exclusif ; quoiqu'elle soit exclue des Indes.

La Compagnie Angloise payera collectivement les frais énormes des établissemens qui forment sa puissance dans les Indes & qui peuvent l'accroître infiniment en Europe, tant

K ij

J'ai crû devoir ajouter à la fin de ce mémoire mon avis comme Actionnaire, fur le parti que les Actionnaires ont à prendre.

Depuis l'impreſſion de mon ouvrage il s'eſt paſſé pluſieurs choſes qui doivent, changer l'avis qui pouvoit réſulter de mon travail, & c'eſt en partie pour cette raiſon que je donne mon avis. Il m'eſt permis de me flatter de la confiance de pluſieurs Actionnaires dans l'inſtant que je tremble d'en abuſer malgré moi, je les ſupplie tous de ſe rappeler que ce mémoire pouvoit-être public il y a deux mois, que je l'ai fait ſeulement pour forcer l'adminiſtration de la Compagnie à rompre le ſilence auquel elle me paroît obſtinée: étant conduits par elle, j'eſpérois qu'elle nous éclaireroit. Ses ennemis n'auroient pas tiré autant d'avantage fur elle des choſes qu'il euſſent combattues même avec ſuccès, que de l'admiration ſardonique qu'ils peuvent avoir pour ſa profonde ſageſſe ; & puiſqu'il faut lui ſuppoſer la meilleure raiſon pour garder ce ſilence éternel, on croit reſpectueuſement qu'elle n'a rien à dire.

Voici les motifs de mon avis.

Je crois que l'état de la Compagnie des Indes ne dépend pas de la nature de ſon commerce.

Il me ſemble qu'il y a des abus dans ſon adminiſtration & des vices irremédiables dans ſa conſtitution.

La nation perdroit ce que les Actionnaires gagneroient fur elle par leurs ventes.

Il me paroît impoſſible aux Actionnaires de réaliſer les avantages fur leſquels ils ſe flattent depuis long-tems, s'ils ne redeviennent pas les maîtres de l'Iſle de France, & ſi

l'Iſle

intérêt à l'accroiſſement du commerce , & fur-tout à le laiſſer faire dans les Indes : fans cela les Anglais feroient obligés de recevoir d'autres échanges que l'argent ſi nous n'allions plus dans les Indes , & que nous ouvriſſions nos ports.

Je fens bien que ceux qui ont vingt mille livres de rente pour adminiſtrer la Compagnie , croyent la gouverner à merveille. Je ne prétends pas qu'elle put l'être mieux par qui que ce foit ; mais s'il y a des gens qui pouſſent le patriotifme jufqu'à defirer de devenir Adminiſtrateurs , je ne crois pas qu'ils conſentent à recevoir leurs appointemens fur la maſſe des onze millions dont ils ont voulu nous enrichir.

Je ne dirai plus qu'un mot, il modérera peut-être un peu le zèle patriotique de ceux qui concentrent les Français dans les Actionnaires , tous nos ports dans l'Orient, & l'Orient même à l'Hôtel de la Compagnie des Indes , & j'aurai le malheur de déplaire également à ceux qui foutiennent qu'on doit protéger le commerce excluſif de la Compagnie , & à ceux qui l'attaquent.

Je crois que la Compagnie des Indes n'eſt ni excluſive, ni françoiſe.

Elle eſt compoſée de trente-ſix mille actions.

Dans la plus grande liberté du commerce il feroit difficile qu'il y eut plus de trente-ſix mille perſonnes intéreſſées au commerce des Indes ; la compagnie n'eſt donc pas excluſive ?

Ces trente-ſix mille actions font au porteur , la plûpart de ces effets font dans les mains des étrangers , ou peuvent y être ; la Compagnie n'eſt donc pas françoiſe ?

Il y a plus encore , cette prétendue excluſion patrioti-

& la liberté du commerce, que je me croirois permis de dire qu'il devroit l'avoir s'il ne l'avoit pas. Que répondre au Roi s'il difoit aux Actionnaires, pourquoi vous livrez vous à des inquiétudes lorfque je vous conferve la liberté? Si vous croyez que le projet que j'ai pour le bien public s'oppofe à votre intérêt particulier, n'y entrez pas ; mais je calculerai avec vous, & je puis fans rigueur vous faire perdre les avantages que je vous avois accordés fur vos concitoyens. Si vous entrez dans mes vues, ces avantages vous font confervés, vos fonds dépendent d'une moins grande combinaifon d'évenemens, & votre fort eft meilleur. Refufez-vous mes bienfaits ; vous devez compter encore fur ma juftice, mais ne plus prétendre aux dons que je vous avois accordés.

AVIS SOMMAIRE,

Diffolution de la Compagnie.
Liquidation de fes dettes.
Etabliffement d'une Caiffe d'Efcompte.

FIN.

pres, à foutenir l'opinion que je crois détruire par les principes que j'admets, & que j'ai expofés dans le Difcours fur
le Commerce.

Il ne nous refte plus qu'à parler du projet d'hypothé-
quer & d'abandonner les 60 millions de fonds engagés aujourd'hui en rentes viageres. M. Neker donna ce projet
à la Compagnie fans lui dire à combien elle devoit évaluer
le fecours que cette opération paroiffoit lui promettre.
Si les tranfports avec lefquels elle reçut ce projet tien-
nent à la reconnoiffance des efforts qu'il fait pour la foutenir, je partage fa reconnoiffance quoique je n'aye pas partagé
fon admiration. Ayant eu occafion de demander à plufieurs
Actionnaires à quel capital ils évaluoient celui que nous pour-
rions retirer actuellement de l'abandon de nos rentes viageres,
& m'ayant répondu qu'ils le portoient au premier coup d'œil
entre 30 & 40 millions, je dois tirer les Actionnaires d'une
illufion à laquelle ceux qui ne font pas accoutumés à calculer, feroient reftés fortement attachés. Il faut d'abord
mettre le contrat de 60 millions au taux des autres fur la
Compagnie, ce qui le réduit à 43 millions; enfuite faire entrer
en déduction de l'intérêt du capital avancé, l'extinction
annuelle des rentes viageres qui ne feront totalement éteintes
que dans 20 ans, & calculer l'intérêt de l'intérêt du capital avancé pendant ce terme, & faire entrer enfin au
moins pour le bénéfice du prêteur 7 pour $\frac{e}{e}$, à caufe des
événemens; ce qui eft bien peu dans le tems où l'argent
vaut autant & plus fur la place; on fera effrayé de voir
que pour un fecours paffager, médiocre & infuffifant on
facrifieroit toutes nos efpérances, & des efpérances con-
fidérables & bien fondées.

J'ai crû devoir ajouter à la fin de ce mémoire mon avis comme Actionnaire, fur le parti que les Actionnaires ont à prendre.

Depuis l'impreffion de mon ouvrage il s'eft paffé plufieurs chofes qui doivent, changer l'avis qui pouvoit réfulter de mon travail, & c'eft en partie pour cette raifon que je donne mon avis. Il m'eft permis de me flatter de la confiance de plufieurs Actionnaires dans l'inftant que je tremble d'en abufer malgré moi, je les fupplie tous de fe rappeler que ce mémoire pouvoit-être public il y a deux mois, que je l'ai fait feulement pour forcer l'adminiftration de la Compagnie à rompre le filence auquel elle me paroit obftinée: étant cônduits par elle, j'efpérois qu'elle nous éclaireroit. Ses ennemis n'auroient pas tiré autant d'avantage fur elle des chofes qu'il euffent combattues même avec fuccès, que de l'admiration fardonique qu'ils peuvent avoir pour fa profonde fageffe ; & puifqu'il faut lui fuppofer la meilleure raifon pour garder ce filence éternel, on croit refpectueufement qu'elle n'a rien à dire.

Voici les motifs de mon avis.

Je crois que l'état de la Compagnie des Indes ne dépend pas de la nature de fon commerce.

Il me femble qu'il y a des abus dans fon adminiftration & des vices irremédiables dans fa conftitution.

La nation perdroit ce que les Actionnaires gagneroient fur elle par leurs ventes.

Il me paroît impoffible aux Actionnaires de réalifer les avantages fur lefquels ils fe flattent depuis long-tems, s'ils ne redeviennent pas les maîtres de l'Ifle de France, & fi

l'Ifle

l'Ifle de France n'eft pas pour eux ce que Batavia eft pour les Hollandois : & fi la Compagnie ne donne pas à freter comme les Anglois ; ce qui empêche une foule d'abus majeurs bien rarement évités, & plus rarement détruits quand ils exiftent ; ce qui fait naître enfin une *concurrence utile* parmi les Armateurs, & tend à produire l'effet de la libetté du commerce fans en avoir les dangers pour les Négocians.

Les pertes du commerce, l'épuifement des Actionnaires, le défaut d'hypothèque ôtent tout moyen aux Actionnaires de continuer le commerce. On fe rappelle ce que nous avons dit fur l'abandon du capital des rentes viagères, après leur extinction.

Le parti qu'ils doivent prendre leur eft impérieufement dicté par leur état réel : celui de continuer le commerce eft fondé fur des fpéculations chimériques.

Je penfe donc que les Actionnaires ne peuvent balancer qu'entre la liquidation abfolue, pure & fimple. ou l'efpéce d'affociation qu'on leur propofe dans le projet d'une caiffe d'efcompte. Comme Actionnaire ifolé je me détermine à la liquidation pure & fimple ; comme Actionnaire lié par un rapport inévitable avec le Gouvernement, il faut néceffairement faire entrer dans les élémens du calcul qui doit décider mon fuffrage, 1°. la force du Gouvernement ; 2°. fes vues.

Tout eft probable fi malheureufement rien n'eft impoffible. Cette confidération ne me laiffe pas de choix, mais en le déterminant j'examine s'il eft funefte quoiqu'il foit néceffaire.

Je me crois d'autant plus permis de penfer que le projet du Gouvernement eft d'établir une Caiffe d'Efcompte

& la liberté du commerce, que je me croirois permis de dire qu'il devroit l'avoir s'il ne l'avoit pas. Que répondre au Roi s'il difoit aux Actionnaires, pourquoi vous livrez vous à des inquiétudes lorfque je vous conferve la liberté ? Si vous croyez que le projet que j'ai pour le bien public s'oppofe à votre intérêt particulier, n'y entrez pas ; mais je calculerai avec vous, & je puis fans rigueur vous faire perdre les avantages que je vous avois accordés fur vos concitoyens. Si vous entrez dans mes vues, ces avantages vous font confervés, vos fonds dépendent d'une moins grande combinaifon d'évenemens, & votre fort eft meilleur. Refufez-vous mes bienfaits ; vous devez compter encore fur ma juftice, mais ne plus prétendre aux dons que je vous avois accordés.

AVIS SOMMAIRE,

Diffolution de la Compagnie.
Liquidation de fes dettes.
Etabliffement d'une Caiffe d'Efcompte.

FIN.

www.ingramcontent.com/pod-product-compliance
Lightning Source LLC
Chambersburg PA
CBHW071230260626
47162CB00004B/1503